古典詩歌研究彙刊

第十四輯

龔鵬程 主編

第13冊

清代科舉與詩歌（上）

張麗麗 著

國家圖書館出版品預行編目資料

清代科舉與詩歌（上）／張麗麗 著 -- 初版 -- 新北市：花木蘭文化出版社，2013〔民 102〕

目 2+158 面；17×24 公分

（古典詩歌研究彙刊 第十四輯；第 13 冊）

ISBN 978-986-322-456-3（精裝）

1. 清代詩 2. 詩評

820.91　　102014998

古典詩歌研究彙刊
第十四輯　第十三冊　ISBN：978-986-322-456-3

清代科舉與詩歌（上）

作　者　張麗麗
主　編　龔鵬程
總編輯　杜潔祥
出　版　花木蘭文化出版社
發行所　花木蘭文化出版社
發行人　高小娟
聯絡地址　235 新北市中和區中安街七二號十三樓
電話：02-2923-1455／傳真：02-2923-1452
網　址　http://www.huamulan.tw 信箱 sut81518@gmail.com
印　刷　普羅文化出版廣告事業
初　版　2013 年 9 月
定　價　第十四輯 17 冊（精裝）新台幣 24,000 元

清代科舉與詩歌（上）

張麗麗　著

作者簡介

張麗麗，女，1978 年生，漢族，安徽滁州人。2011 年畢業於上海師範大學，獲文學博士學位。現為上海大學博士後流動站工作人員。主要研究方向為元明清文學、科舉與文學、文學與文化等。

提　要

科舉制度是國家最重要的制度之一，統治者用它來調節和控制士人。清代滿洲貴族自關外入主中原，要重建社會秩序和價值體系，統治者充分利用了科舉以結納招攬士人入我彀中。

本書分為上下兩編，以清代科舉制度為考察背景，清代詩人的科舉遭遇為立足點，研究科舉如何影響了士人的人生命運，並因此影響了他們的詩歌創作。以典型詩人為切入點，考察一個詩人、一群詩人、乃至一種大致趨同的詩風的形成。

上編題為「故國哀歌到昇平暖響」。講述清代前中期的詩歌演進。清初詩風在博學鴻儒科的作用下從遺民詩的悲涼慷慨一變為「神韻詩」的溫柔空靈，其後沈德潛、翁方綱等接續王士禛以高位影響詩壇的傳統，為繼續向盛世邁進的清廷歌詠昇平，附和時代及統治者意願寫詩。

下編題為「科舉存廢與詩歌演進」。研究清王朝盛衰轉變的樞機中，科舉暴露出的不足，高才淪落的士人大量出現，寒士詩歌群起於野。進入末世後，清廷改革科舉並最終廢除。科舉的變革及廢止對士人產生的巨大影響形諸筆墨，一時古典和現代並存，傳統與新變雜糅。

本書試圖通過對清代科舉制度的一系列政策變遷加以考察，分析其對士人的影響，據此勾勒出科舉與詩歌之間交互影響、互相作用而推進的清代詩歌的演進史。

目次

上冊

緒　論 …… 1
上編　故國哀歌到昇平暖響 …… 13
第一章　清初詩壇 …… 15
　第一節　野人今已擲儒冠——遺民詩人 …… 17
　第二節　僅僅科名亦可憐——仕清詩人 …… 32
　第三節　探花不值一文錢——清初暴政 …… 60
　餘　論 …… 66
第二章　康熙博學鴻儒科與清初詩壇 …… 69
　第一節　融合之關紐——博學鴻儒科開科背景 …… 72
　第二節　一隊夷齊下首陽——博學鴻儒科徵召過程 …… 76
　第三節　誰聽秦淮舊竹枝——博學鴻儒科與清初詩歌之變 …… 82
　餘　論 …… 101
第三章　太平詞臣　詩壇盟主 …… 103
　第一節　鼓吹休明　流連風景——王士禛與神韻說 …… 105
　第二節　耆儒晚遇　歌嘯太平——沈德潛與格調說 …… 125

第三節　斂才就範　學人之詩——翁方綱與
肌理說……135
餘　論……157

下　冊

下編　科場風雲與詩歌演進……159
第四章　盛衰之際的詩人與科舉……161
第一節　失士林之望——乾隆博學鴻詞科……161
第二節　自無官後詩才好——辭別宦海之
乾隆三大家……167
第三節　不諧於俗——漸離仕途之浙江士人……190
第四節　有才畢竟青衫老——失志科場之
黃仲則……217
餘　論……254
第五章　衰世科舉與詩壇新變……257
第一節　重字不重文——龔自珍的科舉遭遇……257
第二節　三不朽——曾國藩幕府之立德、
立功、立言……267
第三節　變時不畏天——太平天國科舉與
詩歌……280
餘　論……290
第六章　末世科舉與詩歌突進……293
第一節　更搜歐亞造新聲——清末新政與詩歌
探索……293
第二節　新舊文章兩不如——光緒經濟特科……302
第三節　兩千年未有之大變局——廢科舉與
詩界革命……309
餘　論……323

主要參考文獻……327

緒　論

一、清代科舉研究回顧

科舉對於中國古代士人具有重大的意義，五代人王定保說：「科第之設，草澤望之起家，簪紱望之繼世。孤寒失之，其族餒矣；世祿失之，其族絕矣。」〔註 1〕科舉自隋朝建立，至清光緒三十一年（1905）被徹底廢止而退出歷史舞臺，存在了 1300 多年。該制度集合了政治、社會、文化、教育等各方面的功能，是一項影響了上至國家、中至家族、下至士人自身的基本社會制度。統治者借由科舉向士人灌輸儒家傳統文化。士人爲科考所需長期學習儒家思想，進入仕途後用來輔佐統治者維持封建官僚政治；家族也經由科舉振起或沒落。「君子之澤，五世而斬」，因爲家族的身份和地位無法世襲，只能通過科舉維持或上升，因此整個家族對科舉都無比重視，家族中的每一個男丁都因此而有責任和義務奔赴科場，爲振興家族而奮鬥；最後，就個人而言，爲了實現修齊治平的儒家傳統理想、達到兼善天下的偉大抱負，自從出仕之途定型爲科舉取士制度，士人一生魂夢所繫，科舉而已。

科舉制度到了明清兩代發展臻於成熟。「完備、規範、有效、有

〔註 1〕王定保：《唐摭言》，古典文學出版社 1957 年版，頁 97。

序」〔註2〕，作爲國家掄才大典，高度穩固和連續，即便是在戰亂時期——如1900年庚子之變，慈禧太后和光緒皇帝紛紛出逃導致科舉無法舉行，次年亦即下令要補齊1901年恩科和1902年正科鄉、會試。其考試形式固定化、科場條例健全規範化、考試內容標準化，作爲一項取士制度，科舉在清代可謂達到了完善。

有鑒於清代科舉的重要性，學術史上對其一直頗爲重視，自清代起學界對科舉的研究可大致分爲這麼三個階段：

（一）**萌芽期**。自清代起即有數家著作研究和記錄本朝科舉。如著力研究科舉的梁章鉅，撰有八股文研究著作《制義叢話》和試律詩研究著作《試律叢話》，這兩部書對科舉的內容作了較爲科學深入的闡釋。此外如法式善的《槐廳載筆》、和《清秘述聞》（後王家相有《清秘述聞續》十六卷，徐沅《清秘述聞再續》三卷），資料翔實，足爲後人借鑒。清人還對特科給予了極高的關注，如杭世駿的《詞科掌錄》十七卷、《詞科餘話》七卷、秦瀛的《己未詞科錄》等都是關於清代制舉的。清代其它研究八股文和試帖詩的書籍所在多有，多圍繞著應試而著，此外還有散落在各家筆記中的零星資料。清代對科舉的研究多偏重於對資料的記錄和整理，當時還未有「科舉學」這一專門學問，清人多傾向於隨手記錄、有感而發，缺少理性的、系統的分析研究〔註3〕。

（二）**發展期**。經歷了晚清風狂雨驟的對科舉的批判之後，1905年科舉突然被廢除，對於這一巨大成果，士人僅僅只有短暫的興奮和

〔註2〕陳文新主編：《〈清實錄〉科舉史料彙編》，武漢大學出版社2009年版，頁2。

〔註3〕「科舉學」作爲一門專學，直到進入現當代才爲人所提出和重視，如高等教育出版社1999年版的《中國考試史專題論文集》認爲「一門新興的學科『科舉學』正在形成」（第7頁）；同時，廈門大學劉海峰教授研究科舉用力甚勤，他於20世紀末即預言「科舉學」將成爲一門顯學。見劉海峰：《「科舉學」——21世紀的顯學》，《廈門大學學報》1998年第4期。

滿足。不久熱潮退去，學界即開始了對科舉冷靜客觀、較爲理性的反思和分析。最初仍多爲回憶式的簡短文字。1926 年張耀祥以北京國子監進士題名碑的 24451 名進士爲對象，著成《清代進士之地理分析》，帶動了人才與地理的關係分析，啓蒙了之後不少學人。此後章中如的《清代考試制度》、鄧嗣禹《中國考試制度史》、潘光旦和費孝通的《科舉與社會流動》等打開了後世研究科舉的通衢，他們的著作被譽爲經典，至今仍爲學界反覆引用，或贊同並深度闡釋，或存疑而反向求證，帶動了科舉研究的發展繁榮。

建國後由於政治等方面的原因，科舉研究一度陷入沉寂，取得卓越成果的當推商衍鎏的《清代科舉考試述錄》。商衍鎏先生作爲清代最後一科的探花，對科舉的回憶和研究具有很高的學術價值。同時，科舉的研究在海外成爲熱點，中國臺灣出版齊如山的《中國的科名》（新聞出版公司 1956 年版）、劉兆璸的《清代科舉》（東大圖書公司 1977 年版）等書各有側重，均在學術史上有一席之地。日本的科舉研究以宮崎市定爲開山人物，20 世紀五、六十年代有系列著作問世。在美國，1955 年華盛頓大學出版社出版了張仲禮的《中國紳士——關於其在 19 世紀中國社會中作用的研究》，爲從科名角度研究中國紳士作出了重大貢獻。何炳棣 1962 年出版《中華帝國的成功階梯：關於社會流動》也顯示了西方有關科舉研究的豐碩成果。

（三）繁榮期。20 世紀 80 年代以來，科舉研究空前繁榮，不僅數量巨大，而且富有創見、資料翔實、考據嚴謹。1980 年上海古籍出版社出版的朱保炯、謝沛霖的《明清進士題名碑錄索引》成爲研究明清科舉的得力工具書之一。顧廷龍《清代硃卷集成》計 420 冊，卷帙浩繁。2009 年，武漢大學出版社結集出版了陳文新主編的《歷代科舉文獻整理與研究叢刊》，該叢書對研究科舉具有突破意義。其它如王德昭的《清代科舉制度研究》重點研究晚清科舉改革至滅亡這一段歷史，宋元強《清朝的狀元》將目光鎖定狀元之才，邸永君的《清代翰林院制度》關注翰林制度，張杰的《清代科舉家族》之「科舉家族」概念的提出和深度研究，何懷宏《選舉社會及其終結》對八股文細探等，對科舉研究多有所創獲。海外如日本對科舉一直較爲關注，1992 年出版了中島敏主編的《宋至明清科舉、官僚制度及其社會基礎》研究成果報告書等著作都表現了日本學界注重考證的研究特點。美國在此時期研究中華帝國晚期科舉制度的代表人物爲著名漢學家艾爾曼，其陸續有著作面世，其中 2000 年加利福尼亞大學出版社出版的《明清科舉文化史》更被視爲近年美國科舉研究的重大成果之一。

在這一時期，各大報刊雜誌上發表的有關科舉研究的論文和各大高校碩、博士畢業論文關於科舉的選題更是汗牛充棟，「科舉學」儼然成爲學術研究的一門顯學。

二、清代詩歌研究困境

清代作爲中國古典詩歌創作的最後一個朝代，如落入群峰前的夕陽，全力迸發出了絢麗、耀眼的光芒，誠爲古典詩歌的集大成時期。就數量而言，僅一部《晚晴簃詩彙》所收錄的詩人就多達六千一百多人，約爲《全唐詩》中詩人總量的三倍之多，而這還遠遠不是清代詩人的全部。就詩歌數量而言，因爲龐大到無法統計，迄今仍然沒有一部清代詩歌總集出版。

古典詩歌經過數千年的發展沉澱，加之清代詩人往往兼具學人特徵，清代熱衷於對古典詩歌進行總結。各種詩學觀點層出不窮，彼此間有爭辯，卻不見前代爲宗唐、宗宋彼此攻訐不下、乃至勾朋結黨、大加撻伐的情景，更多的像是一種對眞理執著追求的友好氛圍。清代詩學舉其大觀，在格調、神韻、性靈三家，這三家詩說對中國古典詩歌的美學範式進行了梳理和闡釋，不僅是對古典詩歌的總結，更可以從中看到儒、釋、道三家傳統思想學說的淵源〔註 4〕。與清詩本身所取得的巨大成就相比，當前學界的清詩研究，卻遠遠

〔註 4〕見吾師嚴明：《東亞漢詩的詩學構架與時空景觀》，臺北聖環圖書出版社 2004 年版，頁 191～271。

無法與之相匹配。

晚清以來，學界逐漸改變了奉詩學爲正宗、詞曲和小說等爲小道的傳統，將小說和戲曲視爲明、清兩代文學的代表成果，「唐詩、宋詞、元曲、明清小說」之論已確立不磨，但矯枉卻容易導致過正，清詩曾經幾乎被打倒在地，對清詩的成就人們或冷漠忽視、不置一詞，或不以爲然、橫加譏評。魯迅在《致楊霽雲》一信中早就說過：「我以爲一切的好詩，到唐已被做完，此後倘非能翻出如來掌心之『齊天大聖』，大可不必動手。」〔註5〕而聞一多在《文學的歷史動向》中對明、清詩歌尤其報以惡評：「從西周到宋，我們這大半部文學史，實質上只是一部詩史。但是詩的發展到北宋實際也就完了。南宋的詩已是強弩之末。就詩本身說，連尤、楊、范、陸和稍後的元遺山似乎都是多餘的，重複的，以後更不必提了。我們只覺得明、清兩代關於詩的那許多運動和爭論都是無謂的掙扎。每一度掙扎的失敗，無非重新證實一遍那掙扎的徒勞無益而已。本來從西周唱到北宋，足足二千年的工夫也夠長的了，可能的調子都已唱完了。……從那以後，是小說、戲劇的時代。」〔註6〕偉大如魯迅和聞一多都認爲自唐以後無詩，這是唐以後詩的大悲哀。誠然，唐詩有其豐神高韻、大家手筆，作爲詩人生在唐代是人生大幸運，那是詩歌的黃金時代，「陽春召我以煙景，大塊假我以文章」，詩歌的春天中信手塗抹也成漂亮文章，堪爲後世傳唱。唐以後每一朝代的詩人無不在進行痛苦的反思、積極的摸索，想要在唐詩之外闢出一片新天地，於是有了宋詩的巉刻理致，明代的復古又反復古，清代的詩學更是豐富多彩，使人目不暇接。不能因爲唐詩的豐碩絢麗就隨意否定唐以後詩歌的獨特風貌，就像不能只偏愛春光的明艷燦爛而否定四季皆有韻致。唐詩是春花，清詩就是詩歌收穫的秋天，更豐富、更實在、更理性，也許收穫的倉庫中不僅有稻麥，

〔註5〕魯迅：《魯迅書信集》，人民文學出版社 1976 年版，下冊 699 頁。

〔註6〕聞一多：《文學的歷史動向》，《聞一多全集》第一卷，三聯書店 1982 年版。

還有秕穀，但這無法成爲拒絕讚美收穫的理由。

關於清詩，繆鉞先生關於清詩「以量言則如蝗肚，以質言則如蜂腰」〔註7〕之言已成不刊之論。清詩的數量龐大、資料充棟固然是優勢，但因爲缺乏大型系統的資料整理，使得清詩研究在利用資料方面往往零星瑣屑，於是抓一把即成文章，往往吉光片羽，執著於清詩的一個角落。而認定清詩質如蜂腰的成見，更是影響學界研究清詩的熱情。目前的清詩研究成果不可謂不巨大，但是跟清詩自身的創作成就相比，仍然有相當大的空間。

三、儒者之統與帝王之統

王夫之《讀通鑒論》卷十五「文帝」條說：「儒者之統，與帝王之統並行於天下而互爲興替。其合也，天下以道而治，道以天子而明；及其衰，而帝王之統絕，儒者猶保其道以孤行而無所待，以人存道，而道不可亡。」儒者之統，是中國傳統士人識字之日起即被灌輸的責任，「爲天地立心，爲生民立命，爲往聖繼絕學，爲萬世開太平」是何等神聖、崇高的使命。關於中國傳統士人的特點，馮友蘭先生在其《中國哲學史新編》中指出，士與知識分子這兩個概念並不相當，後者只有社會學意義，而前者兼有倫理學意義〔註8〕。儒者有他自身的道德標準，《論語・里仁》說：「士志於道」，《論語・泰伯》中曾子亦說：「士不可以不弘毅，任重而道遠」。春秋戰國後期，禮崩樂壞，宗法鬆弛，官學被以傳播文化與政治知識爲主的私學漸漸取代，因此不僅培養出大批士人，並形成「不爭輕重尊卑貴賤，而爭於道」的文化理念，如余英時先生所言，在中國歷史上，「知識人一開始便和『道』是分不開的」。〔註9〕這之後，「道統」成爲士人存身立命的最高標準，

〔註7〕繆鉞：《黄仲則逝世百五十週年紀念》，《冰繭盦叢稿》，上海古籍出版社1985年版，頁220。

〔註8〕馮友蘭：《中國哲學史新編》（下），人民文學出版社1999年版，頁10。

〔註9〕余英時：《中國知識人之史的考察》，見許紀霖編：《20世紀中國知

這就是儒者之統。

自孔子周遊列國、遊說帝王時起，儒者之統一直盼望與帝王之統結合，達成士人以道德和禮教實現仁政的美好理想。但是這樣的機會極難出現，因此孔子才最終回到家鄉，成爲一個教育家而不是政治家。正如孔子所說：「天下有道即見，無道則隱。」(《論語・泰伯》) 當天下無道，孔子選擇孤行而保存道，並通過教育培養弟子將道統傳承下去。自實行科舉制度選材以來，科舉就是士人實現儒者之統與帝王之統結合的最重要的途徑。科舉是帝王取士的方式，士人通過科舉考試，爲朝廷所用，從而進入仕途、報效國家，並傳播道統、實現修齊治平的理想。這樣的美好圖景一般出現在盛世之中。當國家進入繁榮的盛世，往往經濟發達、政治清明、文化昌盛、秩序良好，科舉取士會實現相對的公平和效率，士人通過考試入仕的幾率較大，入仕之後也能相對積極地向帝王建言，此時，帝王之統一定程度上的與儒者之統實現了結合（當然，這種結合只可能是一定程度上的，帝王不可能完全執行儒者心目中的所謂「仁政」，那只是一種理想狀態)。當國家開始衰敗，科舉制的弊端就會凸顯，士人主動或被動地離開取士制度，與帝王之統分離，選擇獨自存身於江湖，著書立說，私學繼續保存和傳播道統。

在科舉時代，帝王之統的重要表現形式之一爲科舉取士制度，這是影響士林最重要的制度。帝王開常科、制科、恩科等等以招攬英雄入彀，也會製造科場案來整肅士人。清代與之前的歷朝歷代相似，終清之世一直貫穿著儒者之統與帝王之統的離與合。清代具有中國封建社會最成熟、最完備的科舉取士制度，研究清代科舉可以清晰地發現，士人對科舉的態度，正象徵了江湖草野與朝廷廟堂之間的離合之勢。滿洲貴族在入主中原尚未穩固時採取的是頻開科、廣中額的科舉政策，極大地籠絡了一部分漢族士人，爲建立滿清統治政權起了重大作用。順治年間科舉以案獄頻發、懲罰手段慘酷爲標誌，嚴重傷害了

識分子史論》，新星出版社 2005 年版，頁 15。

漢族士人對朝廷的信任和熱情。康熙十八年(1679)博學鴻儒科徵召，對扭轉風會具有重要意義。雍正朝又以嚴厲的手段懲治科場案和文字獄，士人漸成離心之勢。乾隆末期國家已經走下坡路，士人主動絕意科舉或壯年致仕的不在少數。道咸間太平天國起義，戰爭連綿，太平天國雖然也學朝廷開科舉、行新法，但不被儒家士人所接受，反而激發了士人入幕維護道統的鬥志。在此時，幕府成爲科舉的輔助形式，儒者借入幕向破壞儒教的太平軍作戰，並獲得進身之階。進入光緒朝，爲求自救朝廷試行新政，對科舉進行了改革和維新，最終導致了 1905 年的科舉遽廢，造成了知識分子的邊緣化，並形成了近代以來的文化斷裂。

士人保存道統最主要的形式是著書立說，其中，創作詩歌就是一種主要的途徑。古典詩歌傳統的「言志」和「抒情」兩大功能，使士人能夠自由地借詩歌描寫對道統的思索、闡述、維護和傳播，抒發內心激昂、低回、振起和期待等等各種情感。在國家興盛或者衰敗的不同時期，儒者之統和帝王之統之間呈現變動不居的離合之勢，科舉也因此表現出相對的公正、清明，或腐敗、混亂，儒者通過科舉向帝王靠攏，或者背棄科舉而存身江湖。相應的，詩歌創作就呈現不同的風貌。

四、科舉與詩歌關係研究

科舉與文學是分屬不同學術領域、但卻彼此血肉相連、關係密不可分的兩個研究課題，正如應舉和作詩是古代士人生活中最重要的兩件事一樣。關於科舉對詩歌創作的影響，歷來眾說紛紜，贊成者如袁枚，他認爲「無科名，則不能登朝，不登朝，則不能親近海內之英豪，受切磋而廣聞見；不出仕，則不能歷山川之奇，審物產之變，所爲文章不過見貌自臧已耳，以瓮牖語人已耳。」〔註 10〕科舉時代的人也常

〔註 10〕袁枚：《與備之秀才第二書》，《小倉山房文集》卷三十五，見江蘇古籍出版社 1993 年版《袁枚全集》第二冊，頁 643。

有對八股、對試律的肯定，認爲至少訓練了技藝，爲文學創作打下了紮實的基礎。但同時更多的則是士人對科舉的口誅筆伐，討伐其對人才的戕害，在「科舉的陰影」中難以積極看待其對文學造成的影響。蔣寅認爲，舉業「給文學創作造成極大傷害，甚至從根本上褫奪了人們在文學上取得偉大成就的可能。」〔註11〕其論文《科舉陰影中的明清文學生態》中羅列了許多古代士人反對時文、反對科舉的言論，但他自己也同時承認，科舉的負面影響是很難量化統計的。任何一枚硬幣一定存在正反兩面，沒有一件事物是百無一用的，更何況存在了1300 多年的一項取士制度。單純地以好、或者壞來定性科舉對文學的影響未免失之武斷片面，科舉與文學之間的關係微妙、複雜，又無比深廣，是一個值得大力研究的課題。

中國古代士人秉承「學而優則仕」的傳統，科舉與士人人生經歷和情感體驗之間有千絲萬縷的聯繫，正如傅璇琮先生在《唐代科舉與文學》一書的序言中說：「有哪一項政治文化制度像科舉制度那樣，在中國歷史上，如此長久地影響知識分子的生活道路、思想面貌和感情形態呢？」〔註12〕科舉影響了詩人的生活、思想、和感情，也就相應地影響了他們的創作。以往的學術界將科舉制度習慣性劃入史學範疇，與文學屬於截然不同的兩個領域，而傅璇琮先生基於科舉與文學間有緊密的聯繫的認識，開創了「科舉與文學」這一跨文學與歷史研究的課題，其著作《唐代科舉與文學》的研究方法和寫作範式足爲後學者借鑒。目前學界對科舉與文學之間關係的研究，以唐代較爲深入，如上海古籍出版社 2004 年出版的俞鋼《唐代文言小說與科舉制度》，復旦大學出版社 2006 年出版的鄭曉霞《唐代科舉詩研究》等。相比較而言，明清的科舉與文學關係研究則較薄弱，較爲突出的成果是武漢大學出版社 2009 年出版的陳文新主編的《明代科舉與文學研究編年》，該書洋洋 500 萬字，首次以編年形式展現了明代文學與科

〔註11〕蔣寅：《科舉陰影中的明清文學生態》，《文學遺產》2004 年第一期。
〔註12〕傅璇琮：《唐代科舉與文學》，陝西人民出版社 2003 年版，頁 3。

舉之間的互動關係及其歷史進程，在中國古典文學的研究對象和跨學科研究視閾兩方面均有創新之處。嚴迪昌先生的《清詩史》在論述清代詩人境遇和詩歌創作時，每多注意到詩人的科舉遭遇，並著力挖掘其間的內在關聯，這一研究方法給筆者很大啓迪。

清代以來，科舉對詩歌創作的影響同樣深遠。明清轉捩的關口，是否出應新朝科舉成爲士人出處的基本原則之一，也由此決定了一部分士人的輿論判斷和歷史形象，將士人一生釘上「貳臣」的恥辱柱或者寫入「遺民」的忠義譜（若身受前朝國恩又出仕新朝，則被目爲「貳臣」、「兩截人」，但那些未獲前朝功名的「新人」則往往不受此道德標準束縛），因此對他們的文學創作產生了巨大的影響。徐志平通過梳理明遺民杜濬兩舉不第和明亡後放棄諸生身份的人生軌迹，分析了杜濬性情人格的微妙變化，指出「科考對杜濬詩歌的影響在於，一是不斷復述失敗經驗，創作了一些與科舉有關的詩，二是將窘迫之境詳爲描述，創作了大量的述貧哭窮詩。」〔註13〕同時，江西師大的李舜臣討論了康熙十八年的博學鴻儒科對康熙詩壇的影響，認爲「康熙詩壇格局的三個表徵，即由遺民詩人的退隱和新朝詩人的興起所引起的創作主體的消長，詩壇重心由偏重南方而至南北均衡，詩壇盟主的代興，都與博學鴻儒科有相當緊密的關聯，這次特殊的科舉考試堪稱康熙詩壇格局新變的關捩。」〔註14〕以上僅舉兩個事例，就可見出清初科舉與文學間的聯繫，已經引起了學界的注意，其中大有可爲。清初之時，明遺民之堅持不出是由於無法臣服於少數民族的統治，因此獨自存身以保存道統。士人繼承了杜甫的「詩史」傳統，詩歌中現實主義精神顯著增強，詩作也多有壯美的氣質。康熙十八年（1679）朝廷開博學鴻儒科，士人被極大地籠絡，內心不同程度受到了感化，遺民或卒、或變節、或隱居，詩壇上活躍的是王士禛爲代表的科舉順利、

〔註13〕周勇、徐薇：《明代文學與科舉文化國際學術研討會綜述》，《文史知識》2009年第3期。

〔註14〕周勇、徐薇：《明代文學與科舉文化國際學術研討會綜述》。

仕途暢達的金臺詩人，康熙年間的詩風得到了顯著改變。

除此以外，清雍正年間的懲罰浙江士人暫停會試對浙江士人的心態和創作產生的影響，乾隆二十二年試律詩重行對詩歌發展的作用，當然還有晚清爲保國自救對科舉制度進行的一系列改革，並最終於 1905 年廢止這一制度，這一切對文學、乃至對中華數千年傳統文化、對近代社會發展走向的影響等，都是値得大力研究的。本書對這些問題一一作了研究，但限於才力，所得有限，惟希望求教方家，並拋磚引玉，以待來者。

上編　故國哀歌到昇平暖響

甲申國變，少數民族愛新覺羅氏入關，建立滿清，取代了統治中國兩百多年的朱明王朝。清取代明，便是儒家話語中的「華夷易處」。儒家傳統中夷夏乃是大防，《孟子・滕文公上》云：「吾聞用夏變夷者，未聞變於夷者也。」此次關外少數民族入主中原、華夷易處撕碎了具有強烈的道統責任感的儒家士人的心，明清之際因此產生了數量龐大的遺民〔註 1〕。明遺民不僅數量上勝過歷朝歷代，且遺民意識空前覺醒，具有高度的凝聚力、向心力和積極的活動力。他們一面上下聯絡，志圖恢復，一面有極強的著述以保存和傳承文化的自覺意識。明遺民著述甚多，詩歌這一中華民族最優秀、最經典的文化成果，也是他們抒發愛國憂憤的最好方式，清初遺民詩的創作達到了一個巔峰。

爲了籠絡士人，安定天下，清廷利用了多種手段，科舉便是一件利器。常科與制科並舉，不次擢拔漢族士人，終於扭轉了人心思明的局面，也給清代詩歌帶來了顯著的影響。

〔註 1〕 歷代皆有遺民產生，蒙元和滿清兩代建立少數民族政權所催生的遺民數量尤巨，但學界公認明遺民創造了遺民文化的最高潮。詳見趙園《明清之際士大夫研究》，頁 216～243。

第一章　清初詩壇

隋代創立科舉取士制度，至明、清時期讀書應舉、出仕爲官已是士人生活中最重要的內容。明代洪武三年，明太祖詔「非科舉毋得與官」，愈發強調科舉之於入仕之途的重要和唯一性，士人牢牢地依附在科舉制度上。清承明制，從一開始，統治者就意識到了科舉的價值而加以充分利用，並配合以一系列的措施，恩威並濟。

中國歷史長達幾千年，改朝換代屢見不鮮，但這一次的清取代明，卻超出了士人們的認知範圍。漢族士人自孔子起即嚴於夷夏之防，今愛新覺羅氏入主中原，正如顧炎武云，此乃「亡天下」矣，因此朝廷與士人之間才會有如許之多的較量。朝廷一番番酷烈或懷柔的政策，造成了士人們一輪輪去留間痛苦的抉擇，造成了遺民與變節者的分野，留下了蕩氣迴腸或嗚咽哽塞的歌響。

明清易代之際，時局波譎雲詭，和時局一起變得格外複雜的，是人的身份。有些曾經懷有深刻的故國之思的士人，可能終於抵抗不住外界壓力和誘惑出仕新朝；有些變節投降的貳臣，對前朝又眷戀不忘，不僅暗中對遺民施以援手，爲抗清事業奔走相助，在詩歌中也連篇累牘地抒發故國之思；最耿介不屈的遺民也免不了有時奔走公卿之門，與人往來唱和，爲其歌功頌德。此舉是出於眞正的友情，是爲拉攏反清復明勢力，還是遊走江湖謀食，現今已無法判斷。評判歷史、議論古人因此變得撲朔迷離，很多人常常持有自己的標準，黃端伯還曾向多鐸稱讚馬士英「不降即賢」〔註1〕。如何評價這些歷史轉捩關頭的士人，張仲謀曾提出這樣兩條標準：(1) 道義與事功相統一而以道義爲主；(2) 動機與效果相統一而以動機爲主〔註2〕。但是數百年前某人某行爲的動機究竟爲何？當下的人如何去判斷？這種判斷還是無法避免自己的主觀臆測。拋開這些複雜紛紜的表象不談，也不論當時當地某人的心態如何、動機爲何，易代之際，「出」與「不出」便成了最基本的原則。入清後很多士人並沒有採取激烈的抗清方式，拋頭顱、灑熱血，爲抗清胼手砥足奔走，他們有時採取了極爲「消極」、靜默的方式，如徐枋「前二十年不入城市，後二十年不出戶庭」〔註3〕，八大山人署其門一「啞」字，「自是對人不交一言」〔註4〕，王夫之等大儒自此深隱山林而世人不知的峻潔舉動，還有吳嘉紀、魏耕等大量遺民，伏處草野，他們同樣是令人起敬的遺民。而又如朱彝尊，其家族秀水朱氏與前明淵源深厚，竹垞以十六之齡參與抗清起義活動，飄零江湖達數十載，爲故國可謂付出甚多，然而康熙十八年入試博學鴻儒科，致人騰笑，自己也覺得愧對黃宗羲等遺民。

正如前文所述，易代之際的風雲變幻使得討論當時士人的動機、行爲、心態和創作格外複雜，本選題以科舉爲考察一切士人的基本環境和背景，因此本章在探討明清之際士人的身份與創作時，便以是否出應清初科舉爲標準，這種兩分法將士人分爲兩類，研究他們對待科舉的態度、在科場中的遭遇、以及因此給詩歌創作帶來的影響等。

〔註 1〕溫睿臨：《南疆繹史》，轉引自〔美〕魏斐德：《洪業－清朝開國史》，江蘇人民出版社 1992 年版，頁 541。

〔註 2〕張仲謀：《貳臣人格》，長江文藝出版社 1996 年版，頁 343。對於動機——效果原則，作者解釋道：「如果動機自明，那麼評價時當無分歧；如果因爲年代久遠，史料湮沒，無法搞清其眞實動機，持論太嚴則傷於刻薄，持論太寬又有悖於民族傳統，那麼，應結合其人一生行爲來作綜合判斷。」

〔註 3〕羅振玉輯：《明季三孝廉集・居易堂集》卷首，民國八年（1919）上虞羅氏排印本。

〔註 4〕邵長蘅：《八大山人傳》，《碑傳集》，中華書局 1993 年版，卷一二六。

第一節　野人今已擲儒冠——遺民詩人

一、遺民詩人的詩歌創作及風貌

中國的歷史經歷了許多次改朝換代，每一次的改朝換代都會產生一些不願臣服新朝的遺民，遺民的歷史既長，數量也大，尤其是宋、明兩代，皆因宗國淪亡產生了大量遺民，黃宗羲云：「宋之亡也，文（天祥）、陸（秀夫）身殉社稷，而謝翺、方鳳、龔開、鄭思肖，徬徨草澤之間，卒與文、陸並垂千古。」〔註5〕黃宗羲這樣高度評價了宋代遺民，他自也因這種信仰而列位清初最偉大的思想家和最忠貞的遺民之一。如何去評價遺民現象，至今學界仍然存在著分歧。一些人認爲遺民是中華民族的忠魂所繫，而葛兆光先生卻認爲明遺民正因固守著「簡單的民族主義思路」，「把民族與自所在的『國家』等同，進而又把這個國家和執政的『王朝』看成了一回事，而王朝幾乎就等於那個在位的皇帝」〔註6〕，所以遺民可以看作簡單的民族主義者。小到如何看待遺民，大到如何解讀歷史，大概可以有兩種方式，或從當下的語境出發，利用當代的價值觀去評估歷史；或是還歷史於歷史語境中，以接近和理解當時人的所思所想。兩種方式的目的不同，前一種在於從現實出發去「評價歷史」，後一種則意在「理解歷史」〔註7〕，以眞正做到「知人論世」和「以意逆志」。正如陳寅恪先生所說，對歷史研究需持對古人的「眞瞭解」：「所謂眞瞭解者，必神遊冥想，與立說之古人，處於同一境界，而對於其持論所以不得不如是之苦心孤詣，表一種之同情，始能批評其學說之是非得失，而無隔閡膚廓之論。」〔註8〕同樣，對待遺民詩的意義認識也是如此，中國數千年歷史，改朝換代無數，爲什

〔註5〕黃宗羲：《南雷文定》三集卷二，清康熙刻本。

〔註6〕《中國思想史》卷二《7世紀至19世紀中國的知識、思想與信仰》，復旦大學出版社2000年版，頁503。

〔註7〕潘承玉：《清初詩壇：卓爾堪與〈遺民詩〉研究》序，中華書局2004年版，頁9。

〔註8〕陳寅恪：《馮友蘭中國哲學史上冊審查報告》，《金明館叢稿二編》，上海古籍出版社1980年版，頁247。

麼明遺民掀起了遺民文化的最高潮？只有切實感同身受明遺民的境界，才能對他們有眞正瞭解。惟有眞正理解了歷史，才能理解這些詩歌或只是一幫固執的民族主義者的無謂呻吟，還是具有高尚價值的眞情之作。

關外少數民族入主中原，在顧炎武等有識之士看來，是「中原陸沉，衣冠禮樂塗炭殆盡。」〔註 9〕這跟簡單的江山易主不同，這番改朝換代是華夷位換，根本憂患在於中國古老文化的核心——儒家文化的存亡。漢族政權更替、一姓滅了一姓固然使前朝士人悲哀，但新朝繼承的仍是漢族文化，儒家道統仍將得以繼續。這次明朝之亡，卻是文化的滅亡，這是亡天下。在民族觀念上，視異族入主爲普天淪喪，不僅追悼一姓之君之身死，更憂懼中華文化與文明遭遇滅頂之災，種種「天崩地解」、「中原陸沉」、「亡天下」、「神州蕩覆，宗社丘墟」、「裂天維、傾地紀」、「薄天淪喪」、「遺羞萬世」的話語描述，都是著眼於「文化覆亡」的危機感而言。遺民在著作中的反覆致意都不僅是因爲某個王朝或者某個在位的皇帝被替換了而已，而是悲痛道之將亡。儒家士人以保存、振興道統爲己任，有「從道不從君」的傳統（《荀子》的《臣道》、《子道》），正如王夫之《讀通鑒論》卷十五「文帝」條所說：「儒者之統，與帝王之統並行於天下而互爲興替。其合也，天下以道而治，道以天子而明；及其衰，而帝王之統絕，儒者猶保其道以孤行而無所待，以人存道，而道不可亡。」「五胡入而天下無君」之時，儒者必須全身而去以全道統，使道不隨其國而落，正所謂「人寰尚有遺民在，大節難隨九鼎淪」〔註 10〕。

文化研究者認爲，每一民族的文化本身就是一個充滿變革和繼承、更新和恒久、破裂性和連續性對立統一的過程，而中華民族文化

〔註 9〕張履祥著、陳祖武點校：《楊園先生全集》卷四《答唐灝儒》，中華書局 2002 年版，頁 74。

〔註 10〕顧炎武：《陳生芳績兩尊人先後即世適皆以三月十九日，追痛之作詞旨哀惻，依韻奉和》，《亭林詩文集・詩集》卷三，四部叢刊影清康熙本。

則更以其強調「連續性型態」、保持著華夏民族文明自始至終區別於任何別一民族、并傲視其他文明的根本原因所在〔註11〕。漢族遺民因身負民族文化和儒家道統的傳承，其本身的存在正是強調著這種文化的延續性。明清之際士人熱衷於辨析何者爲「遺民」，討論「遺」、「逸」之辯，「出」、「處」之分，對其中內涵進行不遺餘力的廓清，這種「必也正名乎」的巨大熱情，正來自於遺民對自身身份的高度自覺意識，以及因此產生的巨大責任感與使命感。而遺民解釋其未死原因，保存文化往往是重要一端，「繼志述事」較之存宗、撫孤之類被認爲具有更高的價値，亡國後的文化創作被賦予了深沉的意義。屈大均說：「士君子生當亂世，有志纂修，當先紀亡而後紀存。不能以春秋紀之，當以詩紀之。」〔註12〕詩歌仍在流傳，則象徵了文化的延續，種族的不滅。吳鍾巒反對「空言無補」論，堅持認爲文章乃保存國脈的方式：「商亡而首陽採薇之歌不亡則商亦不亡；漢亡而武侯出師之表不亡則漢亦不亡；宋亡而零丁、正氣諸篇什不亡而宋亦不亡。子謂空言無補，將謂春秋之作曾不以存周乎？」〔註13〕詩歌成爲明遺民的「一種生存方式」〔註14〕，以至於「明社既屋，士之憔悴失職、高蹈而能文者，相率結爲詩社，以抒寫其舊國舊君之感，大江以南，無地無之。」〔註15〕其時不僅大江以南，中華大地上處處是以詩抒寫忠憤之情的遺民詩人。「國家不幸詩家幸」，江山易代、身世沉浮成就了詩裏的波瀾壯闊、風雲舒卷，「士人們的憂時憫亂之意，傷親弔友之情，家國興亡之感，哀怨激憤，鬱焉於中，長歌當哭，詩歌乃是一種最合適的形式。」

〔註11〕張光直：《連續與破裂：一個文明起源新說法的草稿》，《青銅時代》二集，三聯書店1990版，頁134～135。

〔註12〕屈大均：《東莞詩集序》，《翁山文鈔》卷一，商務印書館1946年版。

〔註13〕見全祖望：《明禮部尚書仍兼通政史武進吳公事狀》，《鮚埼亭集外編》卷九行狀，嘉慶十六年刻本。

〔註14〕趙園：《明清之際士大夫研究》，北京大學出版社1999年版，頁452。

〔註15〕楊鳳苞：《秋室集》卷一《書南山草堂遺集》，上海古籍出版社，1996年版。

〔註 16〕

另外，戰亂造成的科舉廢除，也是士人轉而攻詩的一個原因之一。元初取消科舉，使廣大知識分子喪失了進身之途，詩社往往舉辦類似科舉考試的賽詩活動，以滿足士人的失落心理〔註 17〕。到了明清之際，「喪亂之餘，既廢帖義，時藉以發其悲慨。」〔註 18〕明朝未亡時，士人專心舉業，無心於詩。明亡以後，眾多的士人出於民族氣節，放棄科舉，轉而攻詩，以為人生之寄託。毛奇齡說：「今之為詩者，大率兵興之後，掣去科舉，無所挾攡，而後乃寄之於詩。」〔註 19〕

同樣的道理，潘耒也曾經闡釋過：「吾邑固多人材，然有明三百年，其卓然可列於儒林文學者，蓋亦無幾，則科舉之學驅之使然。滄桑以還，士之有才志者多伏而不出，盡棄帖括家言而肆力於學，於是學問文章彬彬可觀。」〔註 20〕當時四海之內，出現了「風詩」的盛況，「今四海干戈未寧，獨風詩為盛，貧士失職之賦，騷人怨憤之章，宜其霞蔚雲屬也。」〔註 21〕詩是中華民族最古老、最優秀的文化成果之一，在這文化淪亡的關鍵時刻，遺民嘔心瀝血創作大量詩歌，正是為了將中華文化的成果薪火傳遞。陳伯海認為明清之交是文學史上的第三次高潮，與周秦之交和唐宋之交一樣，處於歷史的轉折點的明清之際，是古典文學「總結的階段」，可以說歷史的三次大變革促成了文學史的重大突破和繁榮〔註 22〕。就這個意義上來說，明遺民詩的價值

〔註 16〕張健：《清代詩學研究》，北京大學出版社 1999 年版，頁 24。

〔註 17〕詳見歐陽光《宋元詩社研究叢稿》上編「元初的遺民詩社」、「月泉吟社的結社與活動形式」等章節。廣東高等教育出版社 1998 年版，頁 46～115。

〔註 18〕朱鶴齡：《傳家質言》《愚庵小集》附，上海古籍出版社 1979 年版。

〔註 19〕毛奇齡：《王鴻賓客中雜詠序》，《西河集》卷三十二序，清文淵閣四庫全書本。

〔註 20〕潘耒：《遂初堂文集》卷六《格軒遺書序》，康熙刊本。

〔註 21〕施閏章：《學餘堂集》文集卷六詩文序，清文淵閣四庫全書本。

〔註 22〕陳伯海：《中國文學史之宏觀》，中國社會科學出版社 1995 年版，頁

是巨大的。

正因為詩歌創作對遺民具有這樣重大的意義，相應的，遺民詩也就呈現出這樣一些特點：

（一）關注現實，以詩存史

鑒於明代末年空談心性、人心浮誕的教訓，清初的有識之士倡揚經世致用的現實主義精神，這樣的文學創作的宗旨，就是「文須有益於天下」，具體來說就是：「明道也，紀政事也，察民隱也，樂道人之善也。」〔註23〕詩歌創作中的現實主義功能大大加強。詩歌創作對於遺民，可以記錄歷史、保存文化，杜甫開創的詩史精神被明遺民繼承，加以發揚光大，以詩補史、以詩證史，使清初詩歌的紀史功能達到了空前的高潮。明亡清興之際的亡國之痛、故國之思、生民之歎和清軍殘暴等，都在詩歌中有極其廣泛而眞實的記錄。黃宗羲大力宣揚以詩補史：「孟子曰：『詩亡然後春秋作。』是詩與史，相為表裏者也。」〔註24〕遺民的著述，「繼志述事」，使國亡而史存，名教不墮，文脈得以繼續流傳。

黃宗羲的《南雷詩歷》就是以詩繫年，堪稱詩史；吳偉業「身遭鼎革，觸目興亡，其所作《永和宮詞》、《琵琶行》、《松山哀》、《鴛湖曲》、《雁門尚書（行）》、《臨淮老妓（行）》，皆可備一代詩史」〔註25〕；錢謙益《投筆集》，步杜甫《秋興》韻至十三疊，反映抗清史事，實為明清詩史之絕大著作。

秉著「詩史」的創作精神，明末清初那一段風雲歲月，在詩歌中有了眞實、生動的表現，比如黃宗羲有長篇敘事詩《卓烈婦並序》記

100。

〔註23〕黃汝成：《日知錄集釋》，花山文藝出版社1990年版卷一九。

〔註24〕黃宗羲：《姚江逸詩序》，見《黃宗羲全集》第十冊，浙江古籍出版社，頁10。

〔註25〕尤侗：《艮齋雜說》卷五，清康熙刻西堂全集本。如卷一河南商丘詩人賈開宗、卷五浙江仁和柴紹炳、卷七浙江山陰黃逵、卷七浙江仁和沈蘭先、卷十一陝西盩厔李柏等。

錄了卓姓婦人身死故國的壯烈事迹：

> 烈婦爲廣陵諸生錢公穎女，年十七歸前指揮卓煥，煥字文伯，其先忠貞公死遜國難，族誅。公之子有逸去者，至宣德朝事覺，其時禁網稍寬，得戍廣寧衛，是爲煥二世祖。至三世祖以軍功累官指揮使。煥襲祖職，逮廣寧陷，徙居揚州，隨督輔史公可法守城。乙酉夏四月揚州郡城將陷前一日，烈婦曰：「城陷必屠，婦女不能免辱，孰若先死。」煥止之。謀匿複壁，烈婦不可，抱三歲兒奔後園，家人追之，烈婦急，抱兒躍入池。死時，煥之姑適王氏者，少寡，歸寧於家，亦躍入。煥未字之妹二、幼弟三亦皆躍入。嗚呼！烈婦一言，未亡之人、未嫁之女孩童一時感憤激烈相率從死，眞可慨也。吾友蕭山王自牧作傳甚詳其事，余爲賦詩四章：
>
> 兵戈南下日爲昏，匪石寒松聚一門。
> 痛殺懷中三歲子，也隨阿母作忠魂。(其一)
>
> 無數衣冠拜馬前，獨傳閨閣動人憐。
> 汨羅江上千年淚，灑作清池一勺泉。(其二)
>
> 問我諸姑淚亂流，風塵不染免貽羞。
> 一行玉佩歸天上，轉眼降幡出石頭。(其三)
>
> 王子才華似長卿，斷腸數語寫如生。
> 至今杜宇聲聲血，還向池頭叫月明。(其四)

該詩充分體現了黃宗羲的以詩補史精神，題下有詳細的長序記錄了烈婦事迹，詩歌則以藝術性的語言對之進行頌揚，其三更以迎降新朝之人的可恥行徑相對比，具有很強的感染力。在詩集中另有數首遺民詩人的同題詩作，在「詩史」優秀傳統的影響下，遺民詩人間同聲相應、同氣相求，掀起了現實主義詩歌創作的高潮。

詩史的精神要求秉筆直書，直面時事，詩中不僅有誓死抗暴的烈婦，遺民詩人也毫不隱諱地記錄了官兵無力抗賊、反而荼毒百姓的醜惡嘴臉：「賊近苦賊來，賊至恐賊去。賊來避有時，賊去官兵住。官兵畏賊如畏狼，但行賊後勢莫當。鳴鉦擊鼓入村裏，馬索芻豆人索糧。

不擇雞與豚，更驅牛與羊。傾倉倒瓮恣搜括，排墻墮壁掘餘藏。官兵得物喜，民家失物悲。語君且勿悲，官兵醉後難支持。東家少婦已被污，西家兒女終夜啼。但得飽掠速揚去，猶能老弱共餔饔。一旦賊兵去已遠，官兵夜起催朝飯。大車橐重小車盈，路捕行人遞輸輓。行至前村計復生，竟指鄉屯爲賊營。丁男殺盡丁女擄，揚旌奏凱唱功成。君不見賊去人歸猶爨食，官兵所過生荊棘。痛哉良民至死不爲非，無如官兵勢逼民爲賊。」〔註 26〕這樣客觀而充滿藝術感染力的直述時事，「以詩證史」或「詩以補史」，眞實記錄下了歷史轉捩關頭的風雲。

（二）詩出性情，性情必真

天崩地解的劇變，使詩人無法再做空疏的無病呻吟，當時的詩論家所強調、和詩人實際的創作，都是「眞詩」。方文有詩曰：「……詩文妙處惟一眞，眞之至者能通神。俗眼塵昏那解此，但誇藻繢爲鮮新。老夫攻詩四十載，堅持此說終不改。世人疑信何足憑，千秋自有賞音在。……」〔註 27〕眞詩，就是源自眞性情的詩歌，故國淪亡的哀痛在詩人的心上撕開一個巨大的傷口，而眞詩就從這個傷口像鮮血一樣源源涌出：「詩也者，聯屬天地萬物而暢吾之精神意志者也。」〔註 28〕遺民對「眞」、對「性情」的呼喚上升到道德的高度，魏禧有云：「夫山有朽壞則崩，木心朽則必折，無眞氣以貫之，物未有不敗者。天下之害，由於人無眞氣，柱朽棟橈，而大廈傾焉，其端見於父子、兄弟、朋友之間，而禍發於君國。嗚呼，是豈獨詩也哉！」〔註 29〕顧炎武強調的是人的品格，《莘野集詩序》中云：「苟其人性無血，心無竅，身無骨，此尸行而肉走者矣，即復弄月嘲風，流連景物，猶如蟲啾蛙唧，何足云哉？」

〔註 26〕周岐：《官兵行》，見卓爾堪：《遺民詩》卷四，清康熙刻本。
〔註 27〕方文：《嵞山集》再續集卷二《吳興贈嚴修人進士》，清康熙二十八年王槩刻本。
〔註 28〕黃宗羲：《陸鈞侯詩序》，《黃宗羲全集》第十冊，頁 90。
〔註 29〕魏禧：《徐禎起詩序》，《魏叔子文集外篇》文集卷九敘，清寧都三魏全集本。

遺民大量抒寫故國之思、亡國之痛，他們沒有了觥籌交錯，沒有了吟風弄月，「不爲歎老嗟卑語，不作流連光景詞」〔註 30〕，也沒有出仕新朝者的發言吞吐、曲筆寫心、轉觸忌諱，遺民詩往往有睥睨的勇氣、洞察的智識，又因心目中天地君俱亡，詩風或悲慨壯烈、或清雄豪宕、或凄清幽奥，而全副眞意、寄託遙深則是遺民詩的共同風貌。正如陳恭尹所云：「余自志學以往，皆爲患難之日，東西南北不能多挾書自隨，而意有所感，復不能已於言，故於文辭，取之胸臆者爲多，而稽古之力不及，於昔人矩度，蓋闕如也。」〔註 31〕這是遺民的共同心態，乃因有難已之言，不擇文辭抒發之，無意就「詩文之末」者。他們反思明末塵囂日上的門戶之爭，復古之泥，從而呼喚「眞詩」，呼喚不爲詩而詩，倡導絕無矯飾出於「胸臆」者，這是遺民詩的價值所在。方孔照聽到國變消息後所作之《蒼天甲申三月十九北變時在濟南號絕》：「萬歲山折蒼天崩，金鰲社鼠同一坑。撞碎九閽北斗裂， 烏號射日弦斷絕。……蒼天！蒼天！來此一月看石田，倒地哭死張空拳。」（《遺民詩》卷一）詩人哭天搶地，痛不欲生，而讀的人受到莫大的感動和震撼，彷彿能感受到國亡之際遺民的悲愴倉惶，天已崩，地已裂，而遺民無處可逃。之所以具有這樣巨大的感染力，就因爲這詩是自孔照心口流出，不帶半分矯飾。因爲眞實、眞誠，才能如此感人。

經歷了巨變突降之時的劇痛後，更爲折磨人的是長久的、經年累月的故國之思，這種故國之悲是遺民詩最重要的主題之一，如徐枋《從祀獻陵》：「淡雲疏雨冷華鐘，肅肅靈宮儼帝容。五月臨朝千載墓，中官掩淚說仁宗。」（《遺民詩》卷一）獻陵是明朝第四位皇帝仁宗昭皇帝朱高熾和皇后張氏的陵寢，就位於天壽山西峰之下。仁宗在位時間較短，臨終遺詔儉約修陵。國破家亡，遺民來祭祀獻陵時，追憶這些前朝往事，忍不住垂淚，執管濡墨，性情所至，便是眞詩。

〔註 30〕柳亞子：《論詩三截句》。
〔註 31〕陳恭尹：《初刻自敘》，《獨漉堂文集》，上海古籍出版社 1995 年版。

（三）詩歌風貌的陽剛、壯美

清初遺民詩人一致認爲詩歌應抒寫眞性情，但什麼是眞性情，以及如何去表現眞性情，遺民卻有與溫柔敦厚的詩教傳統不一樣的解讀，這就是當時得到眾多詩人肯定的發憤抒情的觀點。申涵光就曾說過：「溫柔敦厚詩教也，然吾觀古今爲詩者，大抵憤世嫉俗，多慷慨不平之音。……然則憤而不失自正，固無妨於溫柔敦厚也歟！」〔註 32〕之所以對傳統詩教有這樣的闡釋，乃是易代之際的社會現實所要求，魏禮曰：「古今論詩，以溫厚和平爲正音，然憤怨刻切亦復何可少，要視其人所處之時地。」〔註 33〕當國破家亡之時，處華夷易處之地，悲從中來，若還能強作溫厚之音，此何人哉！因此當時詩歌直致發露，慷慨激烈，惟有發憤抒寫才能「導和而宣鬱也」〔註 34〕。

遺民們經歷了改朝換代和民族淪亡的痛楚，目睹北方少數民族入主中華，漢人輾轉呻吟於鐵蹄之下的局面，直面歷史、保存歷史眞相的使命和內心噴薄的憤激不平使他們無法再做溫柔和平之音。當時遺民詩人的集會，往往情動於中不能自已，歌哭無端中眞情流露。順治七年五月五日，余淡心與章少章、張冷石、計南陽、陳彥達等人登舟高會，諸人於「几上置《楚辭》，且讀且哭」，或「高吟『是歲庚寅弔楚湘』詩，音節慷慨，波浪皆立」〔註 35〕；西湖七子集會時，「以扁舟共遊湖上，或孺子泣，或放歌相和，或瞠目視」〔註 36〕，這樣場景下的詩歌創作，當然是「怒則掣電流虹，哀則凄楚蘊結」，確屬字字肺腑流出，乃絕假純眞之作。「激揚以抵和平」，恰恰正符合了「溫柔敦厚」的詩教傳統〔註 37〕。

〔註 32〕申涵光：《聰山文集》卷二《賈黃公詩引》，康熙刻本。
〔註 33〕魏禮：《甘衷素詩序》，《魏季子文集》卷七，《寧都三魏文集》，道光二十五年刊本。
〔註 34〕錢澄之：《田間集自序》，《田間詩文集》文集卷十五序，清康熙刻本。
〔註 35〕余懷：《三吳遊覽志》，見何宗美：《明末清初文人結社研究》，南開大學出版社 2003 年版，頁 322。
〔註 36〕全祖望：《鮚埼亭集外編》卷六《宗徵君墓幢銘》，清嘉慶十六年刻本。
〔註 37〕黃宗羲：《萬貞一詩序》，《黃宗羲全集》第十冊，頁 94。

發憤抒情，詩風多悲壯怨譎，悲痛卻不低沉，尤其是不少漢族士人親身投入抗清鬥爭，血薦軒轅，雖然困苦，但並不絕望，顧炎武有詩詠精衛填海：「長將一寸身，銜木到終古。我願平東海，身沉心不改。」詩中有昂揚的鬥志和必勝的豪情，即便描寫瘡痍滿目的河山，也仍有恢復之志，慷慨遠多於哀怨，有別樣的美感：「……自是而脆者堅，潤者燥，靡者勁，華實斂藏，結爲絢爛，鴨腳楓桱，經霜作花，紅葉翠陰，參差綺縟，當之者神寒，望之者目眩 —— 此亦天下之壯觀絕採也。使非秋氣坎壈、寒威砭肌之後，其何以得此哉！」〔註38〕舉凡詩風慷慨沉雄或淒楚激越，悲壯豪宕或高亢疏朗，都有一股陽剛的壯美。

與顧炎武相比，更大多數人是隱忍草間，悲愴地度過了遺民的一生，但不出仕的態度卻是堅決的，如顧夢遊在乙酉之後，放眼家國非是，感慨萬分，《乙酉除夕》云：

青螢燈火不成歡，薄醉微吟強自寬。
何意有家還卒歲？久知無地可垂竿。
壯心眞共殘更盡，淚眼重將舊曆看。
同學少年休問訊，野人今已擲儒冠。〔註39〕

「擲儒冠」者，不念仕途、隱逸終身之意也。歷史轉捩之際，儒家漫長嚴格的道統訓練使士人面對出處必須做出艱難的選擇，在一個家族範圍之內，仕隱也往往殊途。考察家族在明清之際的分化，桐城方氏就是極爲典型的一個範例。

二、易代之際科舉家族的抉擇——以桐城方氏爲例

安徽桐城方氏，自明代起即爲著名的科舉世家，同時也是一個繁盛的文化世家。桐城方氏又稱「桂林方氏」，此「桂林」蓋指桂樹成林、指在科舉方面的斬獲之多，該族的文化實力跟其在科場方面

〔註38〕朱鶴齡：《纈林集序》，《愚庵小集》卷八，上海古籍出版社 1979 年版，頁 379。
〔註39〕顧夢遊：《乙酉除夕》，卓爾堪《遺民詩》卷一，清康熙刻本。

的傑出成就是分不開的。正如洪永鏗在研究海寧查氏家族時所指出的：「中國古代社會科舉能力是檢驗家族實力的重要標誌，一個科舉能力強的家族，其社會活動能力也強。而科舉能力的強大又需要家族文化能力、經濟能力、子弟個人能力及家族的社交能力等多方面因素的支撐。」〔註 40〕李眞瑜論述文學世家時，也指出科第、家道之勃興對文學繁榮的促進作用，同時科舉的成就有助於提高家族的社會地位和聲望，從而引起世人的矚目〔註 41〕。方氏正是這樣一個科第繁盛、文化碩果累累的家族。六房中方祐和方瓘於明初一中進士、一成舉人，門庭光耀，「於是都諫王瑞題其門曰『桂林』，而方氏之族乃大。」〔註 42〕後輩方孝標讚歎其祖上的榮耀曰：「七賢挺桂林，簪紱塡篪禪。」〔註 43〕自此，桐城方氏以科第起家，僅明代三百年間，科舉成就非凡，而尤以晚明爲盛，海內歆羨。今據方氏族譜將方氏功名統計如下：

進士九名：

七世方祐，天順元年（1457）進士；
八世方向，成化十七年（1481）進士；
九世方克，嘉靖五年（1526）進士；
十二世方大鎭，萬曆十七年（1589）進士；
方大鉉，萬曆四十一年（1613）進士；
方大美，萬曆十四年進士；
方大任，萬曆四十四年（1616）進士；
十三世方孔炤，萬曆四十四年進士；

十四世方以智，由縣學生中崇禎己卯鄉試第二十三名舉人，崇禎庚辰

〔註 40〕洪永鏗：《海寧查氏家族文化研究》第二章「查氏家族科甲之盛」，浙江大學出版社 2006 年版，頁 29。
〔註 41〕李眞瑜：《文學世家的文化義涵與中國特色》，《社會科學輯刊》2004 年第 1 期。
〔註 42〕馬其昶：《桐城耆舊傳》卷一《方自勉公傳》，清宣統三年刻本。
〔註 43〕方孝標：《鈍齋詩選》卷四《桐城修志寓書求先傳節略高曾以下七傳寄之侑以詩》，清鈔本。

中會試八十二名進士，殿試二甲五十四名。

舉人四名：

五世方法，建文元年己卯應天鄉試一百九名；
八世方印，成化十三年（1477）丁酉應天鄉試第六十七名；
十世方效，嘉靖乙酉舉人；
十二世方大普，崇禎三年（1630）舉人。
國子監生兩名：十三世方孔時、九世方絅。
貢生兩名：十一世方學漸、十二世方大欽。
貢士一名：十一世方學御。
庠邑生一名：十一世方學尹。
縣學生：十一世方學華、十二世方必棟、十三世方孔一、方孔矩、方孔炳等。

另外未經科舉而進入仕途的方氏族人在晚明尚有數十人，無愧人稱「江東華冑推第一，方氏簪纓盛無匹。」〔註44〕

方氏原居休寧，宋末由休寧遷池口，元初由池口始遷桐城鳳儀坊，一世始遷祖爲德益。方氏後人中著名遺民詩人方文的《嵞山集》中追述先祖，僅至五世方法而止，其中實有深意。

方法（1368～1403），字伯通，於建文元年（1399）舉於鄉，其座師爲方孝孺。方孝孺忠烈死於靖難之役後，方法以一四川指揮使司斷事之小官，敢於反抗成祖自立，投江自盡，其忠烈事迹，方文記之甚詳：

> 我祖斷事公，諱法，字伯通。建文朝舉於鄉，授四川按察司斷事。靖難兵取南京，天下藩臬官皆有賀表。公不肯與名，被逮。至望江，紿守者曰：「此吾父母邦也，幸寬我械，容治酒北向而拜，以盡人子之思。」守者許之。於是衣冠立船首拜。拜畢，躍入江而死。妣鄭孺人，會赦歸。苦節四十年，懷其爪髮，葬於東龍暝山。〔註45〕

從方法身上，可以看出方氏忠烈堅貞的家風所在。自方法而下，方氏

〔註44〕周茂源：《靜鶴堂集》卷二，齊魯書社1997年版。
〔註45〕方文：《嵞山集》卷一《小孤山詩》。

一門忠義相傳，這點從女子身上亦可見一斑。方氏有三女子入《桐城耆舊傳．列女傳》，方維儀與方維則都是因爲矢志守寡、貞烈數十年而載入書冊，今天如何看待這種貞烈姑且不去討論，但至少可以看出方氏對氣節的重視，個中尤以方文長姊方孟式隨夫死國難而令人欽敬感佩。孟式夫乃崇禎間山東布政使張秉文，清兵陷濟南時以身殉國，其妻亦隨之從容赴死，《明史》張秉文傳有方孟式附傳，方文詩集《魯遊草》有長詩《大明湖歌》詳細記錄了其姊殉難過程：

己卯元旦城竟破，公中一矢身先殂。
吾姊聞難且不哭，立召二妾來咨謨。
爺爲大臣我命婦，一死以外無他圖。
嗟汝二姬各有子，長兒雖歸幼兒俱。
於義猶可以緩死，抱兒且往民家逋。
小婦抗言吾弗活，願與母氏同捐軀。
兩人縫紉其衣帶，欣然奮身投此湖。

《嵞山集》卷三又有詩《題張方伯忠節卷》記錄夫婦二人死事：

濟南名郡古侯國，一朝催破如等閒。
是時方伯張公立城上，戰守無兵復無餉。
矢將一死殉孤城，頸血雖流氣猶壯。
其配淑人乃吾姊，高樓晏坐聞夫死。
盛服明妝出後閣，顧盼從容赴湖水。

兩首詩從不同角度描寫了夫婦殉國這一悲壯情事，前一首側重寫其姊死前言語，從容不迫、卻有壯烈的氣節；第二首重在寫張秉文誓死守城、戰至最後一刻的慘烈場景，讀之皆足以鼓舞人心、警頑起懦。

易代之際，桐城方氏代代傳承的科第榮耀與忠孝節義不可得兼，家族內紛紛裂變爲兩極，或爲前朝拋家室舍功名，或爲功名利祿奔競趨走。因此清初之時，論及忠義慷慨之遺民不可不提方氏族人，論及科場風雲變幻亦不可忽視桐城方氏。方氏家族在明清之際有不少著名的遺民，如「明末四公子」之一的方以智。方以智於崇禎十三年（1640）中進士，授翰林院檢討。以智爲復社成員，早期即勇於慷慨議論國是。

明亡後隱於浮屠，法名弘智，發憤著述致力於思想救世的同時，踴躍組織和參與反清復明活動。康熙十年（1671）三月不幸被捕，十月，於押解途中逝於江西萬安惶恐灘，其事迹忠烈，人比之爲文天祥。方式家族中秉承方法之忠義精神的遺民尚有多位，或親身參與抗清，或爲故國悲憤而卒，或隱於文學學術，個中就有著名遺民詩人方文。

方文（1612～1669），字爾止，號嵞山。方文在族中係方以智族叔，叔侄相期以忠義。方以智最後以身殉國，無負其祖方法之忠義傳家。方文另有一名從子方授（字子留），也是一位堅貞的遺民，與方文情誼深厚，文自號明農，方授則自號明圃，可見二人之心意所在。二人相約以方法祖爲效法對象，以忠義相勉：「我祖昔沉淵，家風八代傳。餘生寧毀節，至性且逃禪。靺鞨人爭喜，章縫爾自憐。同心有痴叔，期不愧前賢。」〔註46〕子留一生果然以遺民身份，奔走抗清事業，誓不出仕而終於佛門，不負其叔忠義之勉〔註47〕。方授不愧家風，不應新朝科舉，竟至於使其父怨恨，個中關節可以見出易代出處之異，及堅守忠義之難。方文《嵞山集》卷二《啖椒堂詩》悲憤於其時科第誘惑之大，而家族門風之不振曰：「吾鄉風俗偷，所志在青紫。科名爭相炫，利祿互相侈。譬如井中蛙，窺天不盈尺。」方授之父方應乾，正是這樣一位志在利祿功名的士人，其人「不信陳咸爲孝子，只言張垍是佳兒」〔註48〕，逼迫其子出應科舉，一度曾使方文爲之擔憂，但叔侄相見而釋疑，方文有詩《喜遇從子子留即送之寧波》：「人言汝向南闈來，我聞警覺還疑猜。至性如汝且不保，世人寧復可信哉！汝到南中非所志，或言予亦來應試。汝聞警覺還疑猜，世間哪得有此事。頃之作客武林城，道上相逢攜手行。各言前日信疑狀，秋陽皎潔

〔註46〕《舟次贈從子子留》，《嵞山集》卷四。

〔註47〕方授（子留）參加抗清事業一生行迹，謝正光《清初詩文與士人交遊考》論之甚詳，見頁139～153。

〔註48〕《寄從子明圃》，《嵞山集》卷七。陳咸爲西漢末尚書，王莽篡位後與其子一起辭官不出。張垍本爲唐玄宗駙馬，一門鼎盛，卻在安祿山作亂後背唐而去。

浮雲輕。」(《畬山集》卷三)

知方文叔侄均志在高遠，任彼流言紛擾。方授一意孤行，終於觸怒父親，以致有將其子驅逐出門之舉，方文詩中亦有記載：「嗟爾有頑父，所志在簪裾。千秋萬歲石，棄之如敝苴。用此爾失歡，不得歸里閭。」(《畬山集》卷一《久不得子留消息》) 後子留隱於浮屠，不負世代蒙前朝國恩，「獨將破衲報明君」(《水崖哭明圃子留》之四) 年僅二十七歲逝於浙東象山，方文有詩一再哭挽之，如《畬山集》卷八《水崖哭明圃子留》十首其一：

聖代遺民本不多，頻年鋒鏑又消磨。
哀宗尚剩農兼圃，至性同歸笠與蓑。
只道陽春回律管，豈知長夜閉烟蘿。
瑤華且受霜風折，冉冉孤恨奈若何。

子留卒後，族兄弟中方畿亦有詩哭之，其七律《哭十三弟子留》云：

蛻骨驚聞返道山，僧衣猶染淚痕斑。
難將此世留卿住，空説慈親望爾還。
寶劍有聲沉碧海，風花無影化朱顏。
文星自合歸天上，所恨池塘宿草刪。〔註 49〕

此詩作者、子留從兄弟方畿，這首悼亡詩中只言及兄弟情深，追想慈親不忍，但絕無方文詩中「聖代遺民」類的言語表述，因爲方畿與方授在清初去向殊途，方授選擇終於遺民，但方畿卻於清初出應新朝科舉。方畿爲順治五年 (1648) 優貢，授陝西漢中同知，與子留仕隱殊途，對家門間兄弟志向不同，子留曾頗感無奈：

各自成消息，何須問是非。得沾微祿養，不恨採薇饑。
鶺立乾坤病，花分湖海輝。我存雙眼在，秋看彩衣歸。
(《送舍弟之浙江》)

子留之有此歎，實因爲清初方氏一族或仕或隱，均大有人在。易代之際家族出處的選擇是個極其複雜的話題，其中的仕與隱、出或處，是個人的志向所在、還是出於家族整體的利益考慮而刻意的安排，個中

〔註 49〕方於谷輯：《桐城方氏詩輯》卷六，清道光元年飼經堂刻本。

深意後人已無法判斷，但出仕新朝之途，並不比堅守遺民身份、爲抗清奔走來得平坦，清初科場之風雲變幻，桐城方氏亦干涉頗深。

第二節 僅僅科名亦可憐——仕清詩人

一、科場案中的桐城方氏

清初科舉有兩個突出特徵，其一爲開科之頻繁，取士之多，此中實有深意。

《明季北略》記載，李自成謀士李岩見二僧設崇禎靈位，而降臣「繡衣乘馬呵導而過」，「竟無慘戚意」。李岩問：「明朝選士，由鄉試而會試，由會試而殿試，然後觀政候選，可謂嚴核之至矣。何以國家有難，報效之人不多見也？」宋獻策答：「明朝國政誤在重制科、循資格，甕以國破君亡，鮮見忠義。……一旦君父有難，各思自保。其新進者曰：『我功名實非容易，二十年燈窗辛苦，才得一紗帽上頭，一事未成，焉有即死之理！』此制科之不得人也。其老臣又云：『我官居極品亦非容易，二十年仕途小心，始得至此地位。大臣非止一人，我即獨死無益。』此資格之不得人也。可見如此用人，原不顯朝廷待士之恩，無怪其棄舊事新而漫不相關也。」〔註 50〕

宋獻策言之成理。科舉以功名誘惑士人，培養出來一些利祿之徒也不足爲奇，但在遺民看來，前朝三百年養士之恩，固當以性命相報。科舉是一柄雙刃劍，可使英雄入我之彀中，也可能被誘惑至另一彀中。滿洲貴族尚在關外時就意識到了讀書、事舉業，是向士人灌輸忠孝之道的有效途徑，天聰五年上諭先申斥了諸貝勒、大臣因溺愛其子不令就學者，分析其滿洲之兵戰爭中相繼棄城即「未嘗學問、不明理義之故」，而明朝之大凌河城，陷入重圍四月，人皆相食而猶死守，其一孤城也往往抗戰到底，皆爲「讀書明理，爲朝廷盡忠之故」〔註 51〕，因

〔註 50〕計六奇：《明季北略》卷二十三，中華書局 1984 年版。
〔註 51〕轉引自《〈清實錄〉科舉史料彙編》，頁 1。

此論子弟十五歲以下、八歲以上者，俱令讀書。正因從戰爭中認識到漢族士人恪守忠孝之道的力量，入關後，爲使漢族士人速忘故國之恩，籠絡其爲我所用，採取了多項措施，懷柔以結納，個中當然少不了科舉這件利器。當時清廷具體措施有：

（一）復「君父之仇」

入京後第三天，清廷以「復君父之仇」的名義下令，爲崇禎皇帝服喪三日，這既使講究君臣之義的漢族官僚和文人感恩圖報，也爲先期剃髮迎降的官員遮羞；七月，多爾袞在給史可法的信中，稱大清江山「乃得之於闖賊，非取之於明朝也」，甚至反責南明「有賊不討，則故君不得書葬，新君不得書立位」。這些詭辯，巧妙解除了受儒家道義教導的前明官員的不便，於是「南州群彥，翩然來儀」。〔註 52〕

（二）尊孔重教

清兵入關之前對儒家道義就有濃厚的興趣，入主中原後更是緊鑼密鼓加強學習儒學，並表現出對儒學極大的尊敬。

順治元年（1644）正月十八日，當時滿洲貴族還未入關，清都察院承政滿達海即請選博學明經之士，於皇帝左右朝夕進講。

五月初二入關，六月十六日，清廷即遣官祭先師孔子，表現出對孔子和儒家的極大尊敬。

九月十九日，順治帝至京師。十月初二日，清以孔子六十五代孫孔允植仍襲封衍聖公，兼太子太傅；孔允鈺、顏紹緒、曾聞達、孟聞璽仍襲五經博士。

順治二年（1645），一月二十日，衍聖公孔允植朝賀萬壽節。鑄給衍聖公印。二十三日改孔子神牌爲「大成至聖文宣先師孔子」。

以上這些舉動，表現了朝廷作爲少數民族統治者對漢族和儒家文化極大的尊敬，這有力地削弱了漢族士人的敵意，對於籠絡其爲我所

〔註 52〕《清實錄・世祖章皇帝實錄》卷六，順治元年七月壬子。《清實錄》第 3 冊，中華書局 2008 年影印本。以下材料均見《清實錄・世祖章皇帝實錄》各該年月日下。

用起到了積極意義。

（三）用故吏、徵隱逸

順治元年（1644）五月初三，入京甫一日，多爾袞諭故明內外官民：「各衙門官員俱照舊錄用，可速將職名開報。」「其避賊回籍隱居山林者，亦具以聞，仍以原官錄用。」

六月二十九日多爾袞又諭：「凡境內隱逸賢良，逐一啓薦。」

七月十八日，御史曹溶條陳三事：一，請照明制開支廩餼；二，士有菜色，請賑助貧生；三，優恤死節，以鼓勵風化。八月初一日禮部議如所請行。

七月二十九日，多爾袞諭：「近見廷臣所舉，類多明季舊吏及革職廢員，未有肥遁山林隱迹逃名之士。」「自今以後，須嚴責舉主，所舉得人，必優加進賢之賞；所舉舛謬，必嚴行連坐之罰。」「若畏避連坐，因而緘默不舉者，亦必治以蔽賢之罪。」

十月初十日，順治帝於皇極門頒即位詔於全國，並提出「合行條例」凡五十五款。其中特別惠及士人的內容有：……予官吏誥敕，文官三品以上准一子入監讀書；徵聘山林隱逸的懷才抱德之士及武略出眾、膽略過人者；定辰戌丑未年會試，子午卯酉年鄉試；生員仍給廩，照例優免；品官之母妻照前朝例封贈；賑濟各學貧生；已經考定之監生，即與選授等。

（四）開科取士

對士人個體而言，關係最重大的莫過於維繫進身之階的科舉取士制度，以上幾條舉措固然有效，但開科取士無疑最能誘使士人競相來歸。對於這點，滿州貴族在關外時就已深諳於心，因此皇太極即積極提倡科舉，收漢人之心。順治改元之後，於元年（1644）四月初九日，即下旨著即修繕貢院，仍照故明舊例考試。並於十月宣布「前朝文武進士文武舉人，仍聽該部核用。」〔註53〕

〔註53〕《清實錄・世祖章皇帝實錄》卷九，順治元年十月上壬戌。

順治二年六月，剃髮令下，一時人心惶惶。七月初七日，准浙江總督張存仁奏，因「今有藉口剃髮，反順為逆」，建言南方歸順各省開科取士，行蠲免，薄稅斂。使「讀書者有出仕之望，而從逆之念自息」，「力農者少錢糧之苦，而隨逆之心自消」〔註 54〕。

十月，清秘書院大學士范文程又獻計：「治天下在得民心，士為秀民，士心得則民心得矣，宜廣其途以搜之。」〔註 55〕清廷於丙戌（1646）會試後，八月再行鄉試，丁亥（1647）二月再行會試。因江南人文薈萃，范文程提出加試，籠絡士子，帝從之，於是江南士子畢集，得人稱極盛。

順治三年（1646），四月初九日，又從大學士剛林等疏請，定於本年八月再行科舉，來年二月再行會試，「其未歸地方，生員、舉人來投誠者，亦許一體應試。」〔註 56〕

考試既多，定額亦寬。《清史稿》記載，順治初鄉試定額從寬，順天、江南皆百六十餘名，浙江、江西、湖廣、福建皆逾百名，河南、山東、廣東、四川、山西、陜西、廣西、雲南自九十餘名遞減，至貴州四十名為最少，這個數字，康乾盛世時期都無過之。直至順治十七年，方才減各直省中額之半。康、雍、乾時有廣有減，但最高定額從來無過順治。後直至咸、同間，因餉銀匱乏，令各省輸餉數百萬，乃先後廣中額，「視初定中額尚或過之」〔註 57〕。清初清廷接連開科取士，僅順治三年到順治六年乙丑科，4 年之間考了 3 屆，共取進士 1066 名。順治十五年（1658），以雲、貴新附，綏靖需人，又再舉禮部試，均不循子丑之舊。統計整個順治年間，自順治三年至順治十八年（1646～1661）共開八科，取中滿漢進士 3064 名，平均每科 383 人，而整個清代每科的錄取進士平均值為 239.7 人，遠

〔註 54〕《清實錄·世祖章皇帝實錄》卷九，順治二年七月丙辰。
〔註 55〕《清史列傳》卷五《范文程》，臺北明文書局 1985 年版。
〔註 56〕《清實錄·世祖章皇帝實錄》卷二十五。
〔註 57〕趙爾巽等撰：《清史稿》，中華書局 1976 年版，第十二冊，卷一〇六至卷一一九（志）志八十三、選舉三，頁 3157。

遠高出進士錄取平均值，這是進士人數分佈的第一個高峰。另外，單科人數最多的一榜也出現在此時，該榜滿漢進士多達 449 人，這還是清代科舉考中人數最多的一次，即使除去 100 名滿榜進士，每科仍取中 370.5 人，數歷科最高者〔註 58〕。從清代的一則筆記可以看出科舉功名對漢族士人的誘惑：

> 鼎革初，諸生有抗節不就試者，後文宗按臨，出示，山林隱逸，有志進取，一體收錄。諸生乃相率而至，人爲詩以嘲之曰：「一隊夷齊下首陽，幾年觀望好凄涼。早知薇蕨終難飽，悔殺無端諫武王。」及進院，以桌凳限於額，仍驅之出，人即以前韻爲詩曰：「失節夷齊下首陽，院門推出更凄涼。從今決意還山去，薇蕨堪嗟已吃光。」聞者無不捧腹。〔註 59〕

清廷科舉選拔人才的效果是明顯的，在清初國家的穩定和建設中，漢族士人起了極大的作用。順治三年進士傅以漸、順治四年進士王熙、順治十二年進士王士禛、順治十八年進士張玉書等，成爲清初國家的政治、文化、教育等方面建設的名臣。而科舉制度所起到的極好的加恩於士類，收拾人心的突出作用，被清末的繆荃孫道出：「經略洪承疇教以收拾人心之法：以爲中國之所俯首歸誠的，貪圖富貴也。社稷雖亡，而若輩之作八股義者，苟得富貴，舊君固所不恤。於是前朝科第之人悉令爲官。」〔註 60〕道光年間，士人還對清廷的開科之多感激不忘：「本朝待士極優，凡有覃恩，必有鄉、會恩科。萬壽恩科則始於康熙五十二年，歲在癸巳。……自後乾隆、嘉慶、道光，皆踵行盛典，皇太后萬壽亦皆有恩科。而道光三十年間，正科十，恩科五，共

〔註 58〕所有統計資料引自李潤強：《清代進士群體與學術文化》，中國社會科學出版社 2007 年版，頁 55～56。作者統計自清代歷科《進士題名碑錄》、《進士題名碑》拓片、歷朝實錄、《清史稿》、《清代文獻通考》及《續考》等文獻。

〔註 59〕王應奎：《柳南續筆》卷二《諸生就試》，清借月山房彙鈔本。

〔註 60〕繆荃孫：《記國初科舉》，《藝風堂雜鈔》，清刊本。

計十有五科。恩澤之渥，文治之隆，亘古未有也。」〔註61〕與同樣是少數民族政權的元代相比，前者僅僅維持百年而亡，後者卻存在了近三百年之久，並且國家曾經出現全面的繁榮復興，其中跟科舉制度選拔人才、進行民族的大融合有很大的關係。

在功名利祿的誘惑下，一批批志在青紫的士人動搖出仕，方氏族中不乏其人，方文《嵞山集》中多有記載，如方文胞兄方孔一。《續修桐城縣志．選舉志》載，方孔一於順治三年（1646）成恩貢生，後授廣東清遠知縣。順治三年爲清廷首次開科，孔一即急切應試，據謝正光先生考證，時年其已五十二歲。後來方文的詩中記錄其兄對自的出仕多有悔意，「悔不橫經作腐儒」〔註62〕，具體悔的是什麼，「折腰翻拜少年人」〔註63〕，還是別的原因，詩中沒有明言，但是類似方氏這種與前朝關係甚深的家族出仕新朝，多半是失意牢騷的。方文從子中有方兆及者，順治八年（1651）優貢，兩年後成舉人，授內閣中書秘書，方文《入都》記錄其爲官之蕭瑟云「官舍蕭寒如野寺，古藤盤錯對秋花。」後獲補濟寧兵憲，文爲詩祝賀，詩中充滿了憐惜意味，「旅食京華方十暑，栖遲郎署亦三霜。無炊每日從鄰借，有酒隨時喚客嘗。」可見兆及在仕途的浮沉艱辛。因此方文每事先提醒子侄輩，「即使浮沉勿輕仕，先公昭代大名臣。」〔註64〕但是族中出仕者在在多有，爲官境遇往往不佳，在京城漂泊浮沉，「風景蕭條憂患逼，一官雞肋未能拋。」〔註65〕方文對族人這樣的遭遇感到無奈痛惜。

清初方氏汲汲出應新朝科舉，以方氏一族科場的歷練經驗，無疑是有先天的優勢的。方氏僅在順治一朝也可稱科名鼎盛，該族在順治朝所取得的功名有進士三名：方若珽，順治四年進士；方亨咸，順治

〔註61〕陸以湉：《冷廬雜識》卷八《恩科》，清咸豐六年刻本。
〔註62〕《五兄爾唯自粵東歸寄此》，《嵞山集》卷八。
〔註63〕《壽五兄凝齋六十》，《嵞山集》卷九。
〔註64〕《寄懷從子子唯》，《嵞山集》卷九。
〔註65〕《炎風行留別兄子子唯》，《續集北遊草》，清康熙二十八年王槩刻本。

四年進士；方玄成，順治六年進士。

舉人八名：方亨咸，順治三年舉人；方若珽，順治三年舉人；方玄成，順治三年舉人；方膏茂，順治五年舉人；方兆及，順治九年舉人；方育盛，順治九年舉人；方章鉞，順治十四年舉人；方戩，順治十四年舉人。

優貢五名：方孔一、方畿、方兆及、方幟、方兆弼。

副貢一名：方育盛。另有方奕箴爲順治朝廕生等。（除方若珽、方孔一爲十三世，餘皆爲十四世。）除去重複之人，實得十三人（詳情參見謝正光《清初詩文與士人交遊考》137 頁）。

從謝氏所繪圖表中容易看到，方大美一房，占據清初方氏一族功名之大半，個中又以方拱乾一門科名最稱鼎盛。方拱乾本爲前明進士，官至翰林院編修、詹事府詹事，其父大美亦以進士官至太僕少卿，一門隆遇，昭代罕有。可是入清後順治初年拱乾即驅使闔門六子，俱都出應清廷科舉，六子中有三進士、二舉人、一優貢。更有甚者，拱乾自己年屆六十而於順治十一年（1654）出任清廷翰林院侍講，一生名節盡毀，成一典型貳臣。可是清初科場之風雲變幻、滿清統治者之手段翻覆，又豈是方拱乾出仕之時所能預料？拱乾一門老少竟因其子章鉞捲入丁酉南闈科場案而流放至寧古塔極地，可謂歷盡風波。

這裏就要談到清初科舉的另一突出特徵：科場案爆發之頻繁、慘酷。

有清一代各種各樣的案獄迭出，「文字獄」、「科場案」的爆發率是歷代之最，清初又爲清代之最。據《中國考試通史》統計，順治在位十八年，史有明載的科場案達十四起〔註 66〕。當時全國共五闈，以順天、江南爲巨，天下士子惟此兩處觀瞻所繫，而此兩闈均爆發了株連甚廣的科場案，士子聳動。

究其原因，清一代以關外少數民族入主中原，始終有著自信又自

〔註 66〕楊學爲主編：《中國考試通史》，首都師範大學出版社 2004 年版，頁 324～326。

怯、自大又自卑的心態，對漢人文治武功並用，一方面努力學習漢族文化，一方面又警惕著漢人那遠較自己先進的文化，對漢族士人狐疑重重，因此不斷地挑剔、捏造、伺機橫加殺戮。在清初，這一特徵表現得尤其突出。對於那些聲譽卓著、與前朝又淵源深厚的世家大族，統治者往往深文周納，必欲除之而後快。以桐城方氏家族之聲譽成就，難有幸免之理，正如嚴迪昌先生所說：「桐城方氏是皖中最負盛名的世家大族之一，……不僅族巨裔繁，而且屢世官宦，與明朝依附至深，並以剛直稱。所以甲申、乙酉之後，毋論方氏族裔歸順與否，在相當長一段時期裏均深遭疑忌，案獄頻起。」〔註67〕

清初之時方氏家族科舉載譽是方拱乾一門，受患也在拱乾父子。早在順治九年清廷就開始了對桐城方氏的制裁，事即始於方拱乾。《皖志列傳稿》記其「順治九年，科場詿誤，謫寧古塔，十一年放歸。」〔註68〕這次的科場案中朝廷雖然沒有採取殘酷的手段懲治士人，但是影響極其惡劣，正如汪琬所說：「科場之議，日以益熾，其端發於是科，而其禍極於丁酉，士大夫靡爛潰裂者，殆不可勝計。」〔註69〕方拱乾此次罹案的詳情已不可考，但卻開了方氏族人、也是清代士人被遣寧古塔的先河。

方拱乾這次被流放，僅及自身，並且時間不長，因此並沒有引起其警覺，回京後仍擔任翰林院侍講學士。順治十四年，丁酉科場案發，方拱乾父子一行數人均不免於難。

自隋唐創立以來的千年歷史中，科舉之行縱然有時清平，但能免賄賂，不能免人情。唐代科舉取士時，舉子先至公卿之門「行卷」，行卷給人留下的印象如何將極大地關係到科舉的成績，於是人情成爲當時科舉取士的重要因素之一，也因此留下了許多傳播人口的佳話。

〔註67〕嚴迪昌：《清詩史》（上），第一編第二章第一節「眞氣淋漓的方文的詩・附說方氏族群」，浙江古籍出版社2002年版，頁185。
〔註68〕金天翮：《皖志列傳稿》卷二，頁11（民國印）。
〔註69〕汪琬：《堯峰文鈔》卷三七《程周量像贊》，四部叢刊影林佶寫刻本。

朱慶餘有詩《近試上張水部》:「洞房昨夜停紅燭,待曉堂前拜舅姑。妝罷低聲問夫婿,畫眉深淺入時無?」設想如此風流,措辭又如此高潔,意境婉約唯美,將「人情」以極其美妙的方式寫入詩句,這是科舉制度實行不久時,制度的公正性和選拔方式的人情味和諧共處、並行不悖的結果。隨著科舉取士制度的逐漸發展完善,該制度越來越嚴謹客觀、易於操作,「行卷」這種極易涉嫌徇私的環節被取締。到了清代,雖無行卷之說,但人情關係滲透至生活的方方面面,這本屬於勢所難免。但是欲加之罪何患無辭,清廷借機大興科場大案,甚至不惜捕風捉影、強加罪名,不僅草菅當事人性命,竟至弟兄叔侄連坐而同科,罪有甚於大逆,意圖很明確,「無非重加其罔民之力,束縛而馳驟之。」〔註 70〕這一風氣正始於丁酉鄉闈。

順治十四年十一月二十五日江南科場案發。是歲江南鄉試,主考官爲方猶、錢開宗。榜發後士子不平,給事中陰應節參奏江南主考方猶等弊竇多端,方拱乾與方猶聯宗,遂判斷拱乾五子章鉞中舉有作弊嫌疑。順治帝大怒,命拱乾明白回奏。拱乾於十二月初七日回奏曰:「臣籍江南,與主考方猶從未同宗,故臣子章鉞不在迴避之例。有丁亥、己丑、甲午三科齒錄可據。」〔註 71〕事情並不複雜,其捕風捉影純屬於對官居高位的方拱乾的誹謗,拱乾之回奏中證據確鑿,不難判清。但順治帝抓住這一時機,嚴懲漢族士人、尤其是江南世家大族,方拱乾闔門不能幸免。朝廷命處置考官和中試舉人,並於順治十五年(1658)三月十三日由順治帝親自復試丁酉科江南舉人。順治十六年(1659)閏三月二十八日,再復試江南丁酉科舉人。命下後,府縣敦促就道,眾舉子倉惶束裝,父母兄弟揮涕而別,諸家無不罄產捐資,以因緣上下。「南場覆試……是役也,師生牽連就逮,或就立械,或於數千里外鋃鐺提鎖。家業化爲灰塵,妻子流離,更波及二三大臣,皆居間者,血肉狼藉,長流萬里。」〔註 72〕

〔註 70〕孟森:《心史叢刊》,中華書局 2006 年版,頁 34。
〔註 71〕《清實錄·世祖章實錄》卷一一三,順治十四年十二月乙亥。
〔註 72〕《研堂見聞雜記》,見孟森《心史叢刊》,頁 60。

順治十五年十一月二十八日審結江南科場案犯。主考官方猶、錢開宗立斬，妻子家產籍沒。同考官葉楚槐等十七人俱絞立決，內有同考官盧鑄鼎已死，其妻子家產與諸同考官均籍沒入官。舉人方章鉞、張明薦、伍成禮、姚其章、吳蘭友、莊允堡、吳兆騫、錢威，俱責四十板，家產籍沒，與父母兄弟妻子流徙寧古塔。程度淵在逃，命總督郎廷佐、亢得時嚴緝。是案自去冬案發已經一年，風聲時有鬆緊，士人或以爲可因緣幸脫，而順治帝卻忽然嚴命重處，並責行對此案問擬甚輕、涉嫌循庇的刑部尙書圖海、白允謙，侍郎吳喇禪、杜立德，郎中安珠護、胡悉寧，員外郎馬海，主事周明新等，斥革去加銜加級，或降級留任，迫使處理此事的官員出手狠重，使南闈之荼毒又倍於北闈。北闈僅殺兩房考，並有特旨改輕，而南闈科場案特旨改重，且罪責法官，兩主考斬訣，十八房考除已死盧鑄鼎外，生者皆絞訣，殺光全體考官。又兩主考、十八房考之妻子家產皆籍沒，其慘酷程度，跟明時謀逆罪同等。清廷對科場案加以嚴刑峻法，窮追到底，株連甚廣，致使朝署半空，囹圄幾滿。此案遷延半載，病者死者時相聞，活下來的士人和家人開始了向寧古塔的凄慘遷徙〔註 73〕。

就是在這樣的背景下，方拱乾父子和全家老少數十人，開始了向寧古塔的漫漫流放之途。方拱乾離都時，反省了自己大半生的仕宦經歷，並對科場案帶來的劫難有所領悟。《出都》云：「微雨濕垂楊，灑我去國路。今古一葉輕，況自千艱度。追悔少年心，錯認春明樹。一墮五十年，坐被浮名誤。回頭百丈塵，乃達雙闕住。只見奔輳來，幾見安車去？禍首倉頡氏，聖愚誰能悟。脫餌保潛鱗，象踪絕回顧。舉棹即清江，豈待秦淮渡。」〔註 74〕

方拱乾在塞外流放一千日，得詩九百五十一首，與一同流放的詩人如吳兆騫相比，拱乾的詩中較少對關外風景的描寫，對少數民族獨

〔註 73〕此案的經過詳情，參見孟森先生相關著作。
〔註 74〕方拱乾著：《何陋居集・蘇庵集》，黑龍江大學出版社 2010 年版，頁 368。

特的風俗似乎也缺乏好奇，而邊疆的赫赫戰事更觸動不了他老邁滄桑的心靈。作爲一個年過花甲的老人，他對自己及家人的橫禍充滿了牢騷：「縱觀史冊，未有六十六歲之老人，率全家數十口，顛連於萬里無人之境，猶得生入玉門者，咄咄怪事。」〔註 75〕他將「咄咄怪事」加於「生還」，使得生還似乎不是幸事，聽起來更像是不平（確切地說，不是生還之事不平，詩人意指當初之出關）。他的詩作中，憤懣觸處即是，如《中後所城樓》：「瘏馬殘城歇夕陽，登樓萬緒益茫茫。海風吹水上上綠，草色迷沙帶磧黃。戰壘星碁遊犬豕，遺民涕淚說刀槍。市朝興廢尋常事，遷客何須問故鄉。」

《午日渡年馬河》：「信讒一不用，千古遂稱冤。何與蛟龍事，空勞舟楫喧。命窮絲費續，天閉問無門。轉覺汨羅淺，臨流未敢言。」（《何陋居集》）

惟有身貶萬里，曾經置身顯貴的方拱乾才能因爲廣東俘妾陳氏的遭遇而「淚如雨」（《俘妾行》），羈人淪落與紅粉飄零同樣的可悲可歎。而《賣牛行》中被啖而剝皮的老牛，「牛生不辰生斯時」，聽著也更像是詩人對自己命運的悲歎。在接下來的《老牛別》裏，詩人更是噴發出了怒火：「……有力當用勿用盡，用盡誰憐筋骨疲。芻豆雖嘉勿認眞，從來主家慣負人。……喜時犬彘共人餐，等閒刀俎如兒戲。……」在《河之熊》中詩人表達了相似的憤慨：「……禽獸雖微亦天意，出非其時非其地。西郊誤作靈苑遊，麒麟尙掩宣尼淚。況汝蠢質難獨立。失幾蹈險嗟何及。君不見枯魚當年過河泣，致書魴鯉愼出入。」

報主不成反遭貶，方拱乾對變節而出充滿了悔恨冤屈：「向使買山隱，哪能如此深」（《寧古塔雜詩》其十），「累人原血肉，誤我是文章」（《寧古塔雜詩》其十一）。方家經此劫難，棄世歸隱之心大概不獨拱乾一人所有，其子方孝標《依韻答漢槎見問》亦云：「悔不深山帶女蘿，十年冰署漫婆娑。此來明主恩猶厚，得傍衰親幸已多。吳客自憐公子

〔註 75〕方拱乾：《何陋居集序》。

病，漁人誰知大夫歌？綠蓑歸遂滄浪志，莫更勞勞說玉珂。」〔註 76〕後來章鉞之孫方貞觀、方世舉皆淡漠科名，《桐城耆舊傳》載「南堂先生（貞觀）胸次蕭然，布素終身，若忘其爲華冑者。……詩初近張籍、王建，後浸淫貞元大曆間，以《南山集》被累出關，放歸後詩益平淡。乾隆丙辰，詔開博學鴻詞科，文定首舉先生，以老不就試，賦詩謝之。而是時息翁先生（世舉）亦舉詞科，謝不就。」〔註 77〕科舉世家的後人，執意選擇了隱於草野，方世舉還自號「野方」，可見科場案後陰影之重，使士人噤若寒蟬，對仕途避之不及。

同樣是清初的轉捩之際，大美同兄弟方大鎮一門卻有完全不同的選擇，其門之不羨科名隱居不出，爲遺民典範。方大鎮爲萬曆十七年（1589）進士，其子孔炤明亡後隱鄉里，終身以忠義訓其子孫：

> 繁霜被燕麥，孤松憐兔絲。墓門有梅棘，維斧以斯之。
> 長生亂離中，父母皆乖離。苦我一遺老，旦暮不可知。
> 人情如灩澦，謠諑傷蛾眉。刀俎相魚肉，破巢難支持。
> 汝等既失學，何以當波靡。胝足以負藥，喋血以吹虀。
> 努力作貧士，勿爲公卿兒。〔註 78〕

因此孔照之子方以智以身殉國，次子方其義入清不仕，狂歌痛飲，三十而卒。方以智有三子，中德、中通、中履，皆能秉承父志，終身不出，余英時《方以智晚節考》論之甚詳。大鎮一門不僅因此忠義得全，方以智載入青史，流芳百世，其門亦得幸免於科場風波劫難，子孫隱於草野，全身遠禍，這倒是遺民之幸了。

與此相對的是大美一門的受患遠未結束，康熙年間，因爲方拱乾長子方孝標（玄成）所著《滇黔紀聞》關涉到著名的戴名世《南山集》文字之獄，使方氏於康熙末年再罹大劫，方孝標罪及枯骨，至於開棺戮尸，其他受牽連族人甚多，方式族人又一次被流放到東北。桐城世家大族方氏，憂患乃如此之深！

〔註 76〕方孝標：《鈍齋詩選》卷十三。
〔註 77〕《桐城耆舊傳》卷七，清宣統三年刻本。
〔註 78〕《桐城方氏詩輯》卷三。

二、科場案中的吳兆騫

明末清初，風雲詭譎，一切風吹草動都可能引起士人心態上的巨大變化，而順治朝頻發的科場案對士人的心理和詩歌創作更是產生了終身揮之不去的影響。順治在位十八年，有明文記載的科場案達十四起，其中最著名的莫過於順治丁酉南北闈科場案，江南鄉試科場案，其中南闈牽連之廣、處置之重又遠甚北闈。

科場是利益關竅所在，歷來弊端乃情所難免，而一旦生發為案獄，則往往是被利用來打擊異己。科場案涉案者實際可分這麼若干種，有一類確乎作弊者；或無明確作案動機、試子與考官或無知或無能而犯禁者；更多的是無辜的政治鬥爭的犧牲品，這一類在清初尤為典型，如上一節的桐城方氏家族之方拱乾一門父子。江南科場案中另有一位涉案士子，他的遭遇牽動了當時幾乎所有漢族士人，士人為之歎息「才高命蹇」的同時，也為清廷對士族的整肅不寒而栗，他就是江南才子吳兆騫。

順治十四年（1657）因吳兆騫與試之江南科場案發，帝令嚴行詳審，並於順治十五年（1658）和十六年（1659）二度復試江南丁酉科舉人。復試舉子之慘狀前已有述，就在復試中，吳兆騫「曳白」（交白卷），被下刑部，後流放寧古塔，在絕域生活二十三年之久，後經友人顧貞觀斡旋、得納蘭容若眾人之力贖身而返，不數年而逝。吳兆騫從一個文采風流的江南青年才俊，落魄邊塞二十餘載，翩翩少年歸來時已發染寒霜，更在回鄉後不久即卒，可見科場案及流放寧古塔給他的身心帶來了多麼大的摧殘。吳兆騫的遭遇，使漢族士人內心產生深切的同情和關懷，也不免有同類之悲。孟森先生感慨：「科場案則何為者？士大夫之生命之眷屬，徒供專制帝王之遊戲，以借為徙木立信之具。而於是僥幸弋獲，僥幸不為刀下之遊魂者，乃詡詡然自命為科第之榮，有天子門生之號。嗚呼！科舉之敗壞人道乃如是哉！」〔註 79〕吳兆騫的一生，就是清初漢族士人悲劇命運的縮影，他的心態和創作上的轉

〔註 79〕孟森：《心史叢刊》，中華書局 2006 年版，頁 60。

變，也因此具有值得研究的典型性。

（一）輕狂縱逸　江左鳳凰

吳兆騫，字漢槎，江南吳江人。少有雋才，「七歲參玄文，十歲賦京都。」才華横溢，獨冠一時，尤其是順治十年（1653）的愼交、同聲兩社虎丘大會，「九郡同人，四方來者，可得五百人」，大會由吳梅村主持，而吳兆騫以一年輕後進，與梅村唱和往還，風光無極，致「吳偉業以之與華亭彭師度、宜興陳維崧共目爲江左三鳳凰。」〔註 80〕人譽爲「才若雲錦翔」（陳維崧《五哀詩・吳兆騫漢槎》）。這時的吳兆騫有理由「不諧於俗，不拘禮法。不拘細行，矜己傲物。」〔註 81〕以致後來罹禍，人多有稱其蓋因傲氣太甚所致，如徐世昌《晚晴簃詩彙詩話》云：「漢槎意氣傲岸，不可一世，卒以是賈禍。」錢威《送吳漢槎同年前還》亦云：「名盛常招忌，膏明自取煎。」〔註 82〕這些是對吳兆騫悲劇命運導因的誤讀。

吳兆騫在前明僅生活了十四年，他對前朝若說沒有懷念是不確切的，因爲其父吳晉錫在明力主抗清，明亡後不出，而其叔祖吳昜、族人吳鑒均因抗清而死，加之清初江南遺民活動活躍，與吳兆騫往來者多有遺民，受感染而有故國之思在所難免。如《夜集贈余淡心》曾吟道：「浮雲如蓋俯林丘，良夜花明雜樹幽。綠酒銀樽催客醉，珠簾璧月照人愁。西園詞賦思高會，北里笙歌感昔遊。辛苦過江談士在，傷心誰數晉風流。」詩中充滿了興亡之思、歲月感慨，但是這樣的與遺民的唱和之作絕對稱不上吳兆騫詩作的主流。

吳兆騫之父雖歸隱，卻對兒子有應舉的教育：「即如昨夜，復夢見父親，將一卷時文講與兒聽。」〔註 83〕父親的期許和對自己才華的

〔註 80〕鄧之誠：《清詩紀事初編》卷八，臺北明文書局 1985 年版，頁 387。
〔註 81〕李興盛編：《吳兆騫資料彙編》，黑龍江人民出版社 2000 年版，頁 14。
〔註 82〕袁景輅：《國朝松陵詩徵》卷二，乾隆三十二年刻本。
〔註 83〕李興盛編：《吳兆騫資料彙編》附錄三《書信輯考》，黑龍江人民出版社 2000 版（考爲康熙三年十二月作），頁 326。

信心，使吳兆騫充滿了入仕之想，正如他在給徐乾學的信中寫道：「僕少時謬不自料，與海內諸賢馳鶩聲譽。維時足下兄弟爲先登，而僕竊附其後，選集鋟行，類蒙採入。」〔註 84〕他前期的詩作中亦流露出了強烈的入仕需求，如《雜詩》（同楊俊三作）其一：

黃鵠淩風飛，翩翩橫九核。秋風何蕭瑟，長鳴有餘哀。
我生亦何爲，栖栖隱蒿萊。圓景依中天，繁星蝕其輝。
朱華耀芳林，嚴霜瘁其荄。昭王久已死，誰起黃金臺。
壯夫固有時，無爲長搶摧。周周顧羽毛，安知橫絕才。

漢槎自負鴻鵠遠志，迫切希望君王賞識，自信「願隨長風翔，一舉淩朱羲。安能坐長歎，時往不可追。」（卷五《夜宴吳閶》）應科舉、入仕途、青雲直上，在此時的吳兆騫，不惟日夕所盼、也是志在必得。吳兆騫的心態頗爲典型，清初應科舉的士人多有這樣的心理歷程。一方面，經歷了改朝換代的士人，無論在前朝是否已經獲得過功名，對朱明「三百年養士之恩」總是感激於心的。在江山易主之際，忠於故國、繼承儒家道統在道德上占據上風，輿論中的主流便是反清復明、或隱居不出。每論及此，士人的內心都慷慨激昂，誓當以死報國。另一方面，士人自讀書識字起，其志不在其它，但在「功名」二字，才智平庸之人尚且要汲汲奔走，科場白頭，何況像吳兆騫這種自視甚高者？清廷屢開科舉、寬廣定額，事業功名的誘惑使懷兼濟之志的儒家士人無法抵抗。有過前代功名的人搔首躊躇、內心矛盾鬥爭，沒有前代功名的人更要奔競科場而去。但是對於統治者而言，開科舉的初衷卻絕對不是爲了招納內心存有故國之思的士人，如何將科舉聚攏來的士人加以整肅、殺一儆百使其志氣消散才是眞正的目的，那麼科場案無疑是個絕佳的契機。對於吳兆騫數奇運蹇，李岳瑞分析道：「其於故國惓惓不忘，滄桑之感，觸緒紛來，始悟其得禍之由」〔註 85〕，此言良是。

〔註 84〕吳兆騫著、麻守中校點：《秋笳集》，上海古籍出版社 1993 年版，卷首《答徐健庵司寇書》。

〔註 85〕《春冰室野乘》卷下吳漢槎髫年能詩，見《吳兆騫資料彙編》附錄三，頁 98。

（二）聲名誤人　罹案入獄

對於吳兆騫的出處，陳維崧的長詩《五哀詩・吳漢槎兆騫》可當作漢槎及部分江南士人一生的小傳來讀：

婁東吳梅村，斯世之紀綱。常與賓客言，江左三鳳凰。
陽羨有陳生，雲間有彭郎。松陵吳兆騫，才若雲錦翔。
三人並馬行，蹀躞紫絨韁。三人同入門，嘍卮塡酒漿。
三人颯揮毫，秦漢與齊梁。坐中千萬人，皆言三人強。
兆騫最年少，綺麗誠難忘。十齡跳虎子，隨父浮沅湘。
荊鄂多旌旗，人民大殺傷。朝登巫山廟，暮宿巴陵旁。
歸來十三四，格鬥日相當。一遘京闕焚，再見江東亡。
衣冠盡奔走，白骨多於霜。吳下諸孤兒，健者侯與楊。
（侯檠，字功，廣成先生孫。楊焯，字俊三，維斗先生子。）
騫也楊葭莩，侯也騫雁行。一爲偕隱言，大義聲琅琅。
卑濕云江南，人命奚能長。前年悼侯檠，輓車上北邙。
今年哭楊焯，四顧增茫茫。歲月能幾何，時事愁倉皇。
豈有傾城姿，盛年甘空床。含情辭故國，強笑學新妝。
月出長城西，明明照女牆。中有白雁飛，每夜思家鄉。
流蘇七香草，利屐五文章。本以助君歡，如何反分張。
可憐紅顏人，沒齒在龍荒。同時諸兒女，盛作琵琶行。
琵琶何所言，一生悲王嬙。蛾眉逢薄怒，遠嫁秪徬徨。
〔註 86〕

詩中寫到清初定鼎，同志雕零之時士人的蠢動，「豈有傾城姿，盛年甘空床」，自負才華不甘淪落的吳兆騫「強笑學新妝」，欲效忠新朝。誰知弄巧成拙，忽罹奇禍，遠謫他鄉，這樣的心情，清初相當一部分士人皆有同感。他們自負才華，不甘寂寞獨守，往往一出之間，卻發現不是想像的風光結局，陳維崧自己就落得黯淡收場（詳後）。科場案是清朝統治者打擊漢族官僚勢力尤其是江南士人的重要手段，當時牽連之廣、處罰之重，史上罕有，士大夫身死家破者，不可勝計。

〔註 86〕陳維崧：《湖海樓全集》詩卷一，江蘇廣陵古籍刻印社 1989 年版。

復試之時的情景，令經歷的士子魂飛魄散：「按丁酉科場事發，九重震怒，命嚴鞫之。覆試之日，堂上命二書一賦一詩，監試官羅列偵視，堂下列武士，鋃鐺而外，黃銅之夾棍，腰市之刀，悉森布焉。」〔註 87〕這樣的復試，生長江南的士子何曾經歷過：「是時每舉人一名，命護軍二員持刀夾兩旁，與試者悉惴惴其栗，幾不能下筆。」〔註 88〕無怪乎向來才華橫溢的吳兆騫居然「曳白」。後來論者有以漢槎向來簡傲，認定此次「曳白」乃泄憤故意爲之，這恐怕是高估了吳兆騫。罹案後的所有江南士子全都驚惶欲死，「諸舉人僦寓，……流離凍餒，與諸保解雜役偃息於破寺廢觀、頹垣倒屋之間，爨烟如磷，面灰如死，猶執卷咿唔，恐以曳白膏斧鑕。」吳兆騫內心的震恐也溢於言表，順治十五年（1658）年三月復試之後，赴刑部，寫有《戊戌三月九日自禮部被逮赴刑部口占二律》：

> 倉皇荷索出春宮，撲目風沙掩淚看。
> 自許文章堪報主，哪知羅網已摧肝。
> 冤如精衛泣難盡，哀比啼鵑血未乾。
> 若道叩心天變色，應教六月見霜寒。（其一）
>
> 庭樹蕭蕭暮景昏，那堪縲絏出圜門。
> 銜冤已分關三木，無罪何人叩九閽。
> 腸斷難收廣武哭，心酸空訴鵠亭魂，
> 應知聖澤如天大，白日還能照覆盆。（其二）

詩人不復有絲毫意氣可言，除了哭訴冤屈、恐懼，「心魂驚碎，幾不欲死」以外〔註 89〕，就是奢望天恩赦免。

朋友對於吳兆騫的遭遇，唯有歎息而已。葛芝《與吳漢槎書》云：

> 荒齋別後，馬首北瞻，當此之時足下氣甚壯。以爲旦夕青雲可致，即僕亦謂出處殊途自此始也。一日同研德宿金閶

〔註 87〕法式善：《槐廳載筆》卷十三，清嘉慶刻本。

〔註 88〕同上，卷十一。

〔註 89〕李興盛編：《吳兆騫資料彙編》附錄三《書信輯考》，黑龍江人民出版社 2000 版，考爲順治十五年四五月間作。

舟中，弘人皇遽見過，云足下已罹白簡。因相顧歎息不悅而罷。〔註 90〕

順治十六年（1659）閏三月，吳兆騫出塞前寫作的《閏三月朔日將赴遼左留別吳中諸故人》是對自己悲劇前半生的總結：

薊門三月柳堪折，玉關遷客腸斷絕。
結束徵車去舊鄉，矯首天南限離別。
憶昨香臺事俠遊，才名卓犖淩王侯。
黃童雅擅無雙譽，溫嶠羞居第二流。
相將淚向春江曲，闔盧墓前草初綠。
彩鷁春風客似雲，珠簾夜月人如玉。
少年行樂恣遊盤，夾道飛花覆錦湍。
按歌每挾茱萸女，駐馬頻看芍藥欄。
筵前進酒題鸚鵡，一日聲名動東府。
擬從執戟奏甘泉，恥學吾丘能格五。
去年謬應公車徵，駿馬高臺幾度登。
自許文章飛白鳳，豈知謠諑信蒼蠅。
蒼蠅點白由來事，薏苡偏嗟罹謗議。
賦就淩雲秖自憐，投人明月還相棄。
身嬰木索入圜門，白日陰沉欲斷魂。
北燕漫說鄒生哭，東海誰明孝婦冤。
銜冤犴狴悲何極，慷慨陳詞對嚴棘。
幽怨空教託楚辭，嚴威竟已拘秦格。
忽承恩譴度龍沙，邊草茫茫去路賒。
名列丹書難指罪，身投青海已無家。
銷魂橋畔誰相送，一曲蘆笳自悲痛。
皀帽慚非避世人，青山何處思鄉夢。
鄉心日夜繞江干，江柳江花不復攀。
萬里關塞行應遍，十載交遊見欲難。
從此家山等飛霍，滿眼黃雲橫大漠。
自傷亭伯遠投荒，卻悔平原輕赴洛。

〔註 90〕葛芝：《臥龍山人集》卷十二，四庫禁燬集部 33 冊。

一向水天逐雁臣，東風揮手淚沾巾。
只應一片江南月，流照飄零塞北人。

（三）雄渾蒼勁　邊塞詩歌

北闈科場案案犯流放尙陽堡，南闈罹案之人所貶之地，是在寧古塔。該地在遼東極北，重冰積雪，非復世界。其地之寒苦，吳兆騫曾於家書中寫道：「自春初到四月中旬，日夜大風，如雷鳴電激，咫尺皆迷。五月至七月陰雨接連。八月中旬，即下大雪。九月初，河水盡凍，雪才到地，即成堅冰，雖白日照灼，竟不消化，一望千里，皆茫茫冰雪。」〔註 91〕之前流人從未到此，更加途中傳聞有虎狼食人，猿猱所攫，或餓人所啖，另外還有非人的拷打虐待，如釋函可在流放途中就曾被「拷掠至數百，……項鐵至三繞」，致「兩足重傷」〔註 92〕。陸慶曾也是「拷掠無完膚」，「血肉狼藉，長流萬里」〔註 93〕。順治十六年閏三月，吳兆騫與方拱乾一家、錢威、吳友蘭等開始了流放之途。在四月抵達瀋陽後，吳友蘭不堪跋涉之苦，病卒於撫順。吳兆騫等人繼續前行，七月抵達戍地。

這樣的苦寒荒涼之地，是出身江南的吳兆騫無法想像的，流人幾乎常年忍受著飢寒交迫之苦，函可的詩中有「群雁聲摧影獨依，文章嚙盡腹終饑」、「弟兄何處採山薇，白雪空多豈療饑」等句〔註 94〕，《蕉廊脞錄》卷三還記載了丁澎在寒冬「樵蘇不至五日，爨無烟，取蘆粟小米和雪嚙之。」甫至寧古塔的詩人被這種生活的艱苦幾乎是擊垮了，順治十七年二月十九日後的所有十一封《上父母書》裏，吳兆騫無時無處不在訴說邊疆之苦；二十三年中，無一刻不在夢想回歸故鄉。爲此他在家書中哭訴，「歸心甚切」，又復擔心「但工程浩大，家

〔註 91〕吳兆騫順治十八年家書，見《吳兆騫資料彙編》附錄三，頁 316。
〔註 92〕函罡：《千山剩人可和尚塔銘》，見函可：《千山詩集》卷首。
〔註 93〕《研堂見聞雜錄》，見何宗美《明末清初文人結社研究》，中華書局 2006 年版，頁 362。
〔註 94〕函可：《千山詩集》卷十一《哭晉中張子》、卷十七《懷堡中左氏諸兄弟二首》，清康熙四十二年刻本。

又貧乏，何計得歸故。」〔註95〕確實，爲了流人的回歸，故鄉親人耗費的心血是驚人的。當時陳維崧的族叔陳衛玉也與吳兆騫一樣流放寧古塔〔註96〕，陳衛玉子弓治曾隻身萬里前往探視，陳維崧《賀新郎·弓冶弟萬里省親，三年旋里，於其歸也，悲喜交集，詞以贈之，並懷衛玉叔暨漢槎吳子》云：

> 休把平原繡。繡則繡，吾家難弟，古今稀有。萬里尋親逾鴨綠，險甚黃牛白狗。一路上，夔蚿作友。辛苦瘦兒攜弱肉，向海天盡處孤踪透。三年內，無干袖。
>
> 平沙列幕悲風吼。獵火照、依稀認是，雲中生口。馬上回身爭擁抱，此刻傍人白首。辨不出、窮邊節候。猶記離鄉年尚少，牧羝羊、北海雙雙叟。長夜哭，陰山後。

後聽聞朝廷有贖歸之詔，家人破產而行，陳維崧表弟曹亮武的《南耕詞》有《賀新郎·陳衛玉舅以事徙塞外二十年矣，弓冶表弟曾萬里省親。聞有損贖之詔，復破產而行，詞以送之》記家人慘狀：

> 萬里尋親者。已拼將、男兒弱肉，荒原血灑。遼海銀州都歷遍，相見悲酸難畫。爭擁抱、淚如披瀉。年少離鄉今頭白，愴窮邊、失卻江南話。如可贖，百身價。
>
> 傳聞天詔都門掛。許捐金、榆關生入，似非風馬。吾弟竟將田園賣，重向李陵臺下。怕金盡、事難憑把！此去長安須問訊，倘雁書繫足君王射。如此子，足傳也。

邊關之苦使吳兆騫艱辛備嘗，但也因此成就了一位傑出的詩人。出關之日起吳兆騫的每一首詩裏似乎都能嗅到風沙雪霜的氣息，早年的風流蘊藉一變爲蒼涼沉雄，正驗證了「詩窮而後工」的道理。吳兆騫的大部分邊塞詩在當時就得到了很高的贊譽，論者稱其詩「蒼涼雄麗，如幽燕老將，河洛少年也。其情辭哀艷，如寡婦之夜哭，弱女之捐軀也。其清婉瀏亮，憂悱凄慘，如黃鶯紫燕之和鳴，老狐斷猿之啼嘯也……

〔註95〕吳兆騫：《秋笳集》附錄一《歸來草堂尺牘》，頁275。
〔註96〕吳兆騫在寧古塔與之有過往，其《秋笳集·戊午二月十一日寄顧舍人書》云：「陽羨陳衛玉，善諧笑，工圍棋，亦嫣秀可喜，弟時與之奕。」

詩人之境遇至此而困極，詩人之體格亦至此而窮盡矣。」〔註 97〕到了當代，吳兆騫更被推爲清初邊塞詩的代表，朱則杰認爲：「吳兆騫代表了清代邊塞詩的特色和成就，尤其代表了清代東北的邊塞詩的特色。」〔註 98〕其詩如「驚沙莽莽颯風颸，赤燒連天夜氣遙。雪嶺三更人尚獵，冰河四月凍初消。客同屬國思傳雁，地是陰山學射雕。忽憶吳趨歌吹地，楊花樓閣玉驄驕。」前半段寫東北風物，奇特中見豪壯，後半段忽轉入對南國歌吹的追憶，嫵媚中悲愴陡生，不愧是清初邊塞詩人中成就最高者。相較前期詩作的華贍典雅，多艷麗之章。流放後極目邊塞風光，得以瞭解少數民族風情，加上邊塞戰爭的洗禮，詩格一變爲雄渾蒼勁，多寫實之作。其大量、豐富的邊塞詩章精警動人，思想性、藝術性甚高，被人譽爲「詩史」〔註 99〕。其詩《白頭宮女行》、《榆關老翁行》無不貫穿著作者「感羈人之淪落」〔註 100〕的心境，這樣的心境是當年風輕日暖的江南里吟風弄月的翩翩少年無法體會的，「半生羈戍塞垣秋，夢斷吳關舊行處」〔註 101〕是吳兆騫此後詩作的主要主題，成就了他悲涼抑塞的詩風，其中厚重的歷史沉澱，蒼涼的筆觸描寫，無愧於「詩史」之譽。

清初、乃至整個清代邊塞詩的勃然復興，甚至出現了唐以後的又一高潮，尤其是東北邊塞詩的成就，使本來難以與西北邊塞詩抗衡的東北擺脫了創作的蕭條，這其中流人功不可沒。這一時期的東北邊塞詩人「大致由流貶人士、東巡帝王和扈從文士三大部分構成。」〔註 102〕但無論從創作的數量還是質量上，流人作品無疑都要遠遠高出帝王御作或詞臣的奉和之作。如流放尚陽堡的孫暘，寫下了《初春野燒》記

〔註 97〕翁廣平：《秋笳餘韻》附錄《秋笳附編》序，見李興盛《吳兆騫資料彙編》（三），頁 12。

〔註 98〕朱則杰：《清詩史》，江蘇古籍出版社 2000 年版，頁 77。

〔註 99〕張玉興：《清代東北流人詩選注》，見李興盛《吳兆騫資料彙編》（三），頁 40。

〔註 100〕吳兆騫：《秋笳集》，頁 140。

〔註 101〕《榆關老翁行》，見《秋笳集》，頁 5。

〔註 102〕吾師黃剛：《邊塞詩論稿》，黃山書社 1996 年版，頁 243。

錄放火燒荒情景：「獵獵悲風塞草黃，邊庭二月少春光。四山野火明如畫，照見青天雁幾行。」這樣壯闊而貼近眞實生活的詩句，只有流人日常觀察才寫得出。而張恂也是一位牽連入科場案而流放的詩人兼畫家，其詩《塞上》：「雄關一線別乾坤，誓旅空經虎豹屯。鴨綠江邊寒月小，黃龍府外晚雲昏。」這是畫家眼中的塞外，別有一番風神。富有才華的士人在邊塞的生活中不輟吟詠，蚌病成珠，形成清代伊始邊塞詩的高潮，這是清初高壓文化政策下的意外收穫。

（四）士人同悲　寒雁南歸

吳兆騫在丁酉科場案中的慘痛遭遇，牽動了當時無數士人，自其罹案起，就不斷有朋友寫詩表達惋惜哀痛之情，等到朝廷震怒，遣戍邊關，賦詩送別的人更多，其中最著名的當屬吳偉業的《悲歌贈吳季子》：

人生千里與萬里，黯然銷魂別而已。
君獨何爲至於此？
山非山兮水非水，生非生兮死非死。
十三學經並學史，生在江南長紈綺。
詞賦翩翩眾莫比，白璧青蠅見排抵。
一朝束縛去，上書難自理，絕塞千山斷行李。
送吏淚不止，流人復何倚？
彼尙愁不歸，我行定已矣！
八月龍沙雪花起，橐駝垂腰馬沒耳。
白骨皚皚經戰壘，黑河無船渡者幾？
前憂猛虎后蒼兕，土穴偷生若螻蟻。
大魚如山不見尾，張鬐爲風沫爲雨。
日月倒行入海底，白晝相逢半人鬼。
噫嘻乎悲哉！
生男聰明愼勿喜，倉頡夜哭良有以，
受患只從讀書始。君不見，吳季子。〔註103〕

〔註103〕吳偉業：《梅村家藏稿》卷十、後集二七言古詩，四部叢刊影印

一句「受患只從讀書始」，傷人自傷，也是江南、乃至全體漢族士人的悲劇命運寫照。吳兆騫在寧古塔的歲月裏，朋友書信往來不絕，爲其賦詩感歎，並爲謀歸前後奔走。龔鼎孳因吳兆騫遠徙不歸，「每爲深痛，常臨食三歎」〔註 104〕。顧貞觀更是寢食難安，爲其轉而謀之納蘭容若，後由其友宋相國蓼天、徐尚書健庵等發起，眾人醵金贖歸。歸來後，徐乾學設宴爲其接風，許多名士與會賦詩，徐乾學詩云：「驚看生入玉門關，卅載交情涕泗間。不信遐陬生馬角，誰知彩筆動龍顏？君恩已許閒身老，親夢方思盡室還。五雨風輕南下好，桃花春漲正潺湲。」〔註 105〕對於生還故里，漢槎百感交集，其有詩見贈徐乾學云：「金燈簾幕款清關，抱臂翻疑夢寐間。一去塞垣空別淚，重來京洛是衰顏。脫驂清愧胥靡贖，裂帛誰憐屬國還？酒半卻嗟行戍日，鴉青江上渡潺緩。」沈德潛將此詩收入《清詩別裁集》，並評曰：「此贖歸後晤健庵尚書作，感激中自存身分，見古道矣。」〔註 106〕

因吳兆騫之遣戍還鄉牽動漢人乃至滿族知識分子甚多，到其入關之日，當時名士多有詩以賀之記之，人以不能與事爲憾。一時朝野賦《喜吳漢槎入關詩》，多至數十百人，著名詩人如徐元文、納蘭容若、潘耒、馮溥、陳其年、吳樹臣、尤侗、徐釚、錢中諧、陸元輔、王攄、毛奇齡、吳祖修、王士禛等均有次韻之作，後來在別處聽聞的人也多有和作，如宋犖、孫暘、葉舒穎、趙亢、顧景星等，成詩壇一大盛事。如王士禛《和徐健庵宮贊喜吳漢槎入關之作》：「丁零絕塞鬢毛斑，雪窖招魂再入關。萬古窮荒生馬角，幾人樂府唱刀環。天邊魑魅愁遷客，江上蒓鱸話故山。太息梅村今宿草，不留老眼待君還。」吳兆騫和桐城方氏等流人高才淪落的遭遇，觸動了士人敏而多感、物傷其類的神

本。

〔註 104〕張賁：《白雲集》卷三上大司寇龔公書，李興盛《吳兆騫資料彙編》（三），頁 18。

〔註 105〕見李興盛：《吳兆騫資料彙編》（三），頁 50。

〔註 106〕沈德潛：《清詩別裁集》卷五，乾隆二十五年教忠堂刻本。

經，不僅激發了士人眞誠的同情心，還有中國詩歌、中國文化中偉大的慈悲傳統，因此當時歌詠其事成爲一股潮流，爲中國詩歌史添了珍貴的一頁。

吳兆騫一人之遭遇，牽動士人如此之多，有其深層的原因。統治者對士人一面以科舉功名誘惑之，另一面以科場案獄打擊之，每一場案獄都牽連深廣，使士人備受折磨。吳兆騫在科場案中的無辜被禍，不獨吳兆騫一人之悲，實乃漢族士人集體的大不幸，因爲經受科場案的不惟漢槎一人；士人經受的，也不僅江南科場案一樁。如顧貞觀在給吳兆騫的信中曾說：「奇才奇厄，千古而然。……弟窮愁日甚，……家兄數奇，憤懣，遂損一目。弟爲奏銷所累，青衫已非故物，去年走山左，今年走長安。右之鐫秩南歸，公肅還朝未久，秦留仙以詿誤爲林下人矣。相知落落，欲作六館諸生，而亥冬偉湖寇所劫，橐中一空。今賣楊雄之賦，不値十金，援納無資，浪遊非計，正在莫可如何。」〔註 107〕後來顧貞觀還曾在信中懇切爲其子求婚於兆騫，這是表達對友人的情誼的方式。

顧貞觀信中訴說的順治末年另一場浩劫——奏銷案，除了他信中提到的諸友人之外，吳兆騫另一友人計東也是奏銷案的受害者。計東字甫草，吳江人，少負經世才，順治十四年，舉順天鄉試，旋以江南奏銷案被黜。既廢不用，貧無以養，縱遊四方。這又是一個被科名播弄、放逐而失意的靈魂。正因爲此，當同邑士人吳兆騫罹南闈科場案後，他給予了深深的同情，與顧貞觀一樣，他也是與之聯姻，「爲恤其家，且以女許配其弱子」。後被黜僅十餘年，竟抑鬱而終〔註 108〕。

多災多難的江南士人，還經歷了大大小小的文字獄，如震驚全國的莊氏明史案，使漢槎表弟潘耒家破人亡。潘耒曾對漢槎沉痛訴說

〔註 107〕顧貞觀：《致漢槎書》（一），李興盛《吳兆騫資料彙編》（三），頁 118～119。
〔註 108〕《清史稿》卷四八四，列傳二七一，頁 13337。

道：「先兄力田，罹湖州文字之案，絕弦廣陵。弟抱痛沉冤，栖遁林野，忽被鶴書，遂□華省，沾茵落溷，總不自由。」〔註 109〕正是這些對不幸遭遇的共同感受，才使得朋友對漢槎有了深切的理解和同情，也才能出現眾人醵金贖歸以及後來的紛紛和詩。經過這數番劫難，漢族士人對朝廷的「文治」無疑產生了叛逆心理和離心趨勢。漢族士人立身艱難，朝野對抗日趨激烈而尖銳。入關之初血腥的武功洗劫猶如昨日，今日又有文治的血刃懸在士人頭頂，使士人警惕，並用冷峻的目光審視起新朝。吳兆騫在案發後不久即在家書中囑咐其父：「凡事必須謹慎，不可輕發一言，輕下一筆，至囑！至囑！」〔註 110〕其自己的詩集，佚失大半，其子託言爲：「值有老槍之警，遺失過半。……及扶柩南邊，復覆舟於天津，而沉溺者又過半。……（所剩者）殆未及十之一二。」〔註 111〕安知不是噤若寒蟬的詩人自行銷毀可能罹禍的部分？桐城方氏後人也變得極爲謹慎，如方苞之父方仲舒，鄧漢儀選《詩觀二集》曾欲收錄其詩，方仲舒反覆致書請毀其所刻，連方苞在其父晚年欲爲其錄諸集之副本，仲舒也不許，甚至仲舒還力禁其子作詩。儘管如此，方苞後仍罹文字之禍被捕，方仲舒三千餘首存詩爲免羅織而付之一炬〔註 112〕。

「生不傷羅網，安知惜羽翰。」〔註 113〕出仕成爲畏途，自此心灰意冷者大有人在。浙江山陰楊賓，「父坐友人累，偕妻戍寧古塔。賓年十三，上奉祖母，下攜弱弟，艱苦倍嘗。聖祖南巡，賓與弟寶叩御舟，請代父戍，不得達。遂間關往侍，父歿，例不得歸葬。賓走京師，日搏顙哀籲於當道輿前，……工詩古文，務爲有用之學，不樂仕

〔註 109〕潘耒：《與表兄漢槎書》，見《秋笳餘韻》卷上，《吳兆騫資料彙編》（三），頁 133。

〔註 110〕《歸來草堂尺牘》卷一，《吳兆騫資料彙編》（三），頁 309。

〔註 111〕吳棖臣：《秋笳集跋》，《吳兆騫資料彙編》（三），頁 60。

〔註 112〕轉引自嚴迪昌：《清詩史》，頁 188。

〔註 113〕顧貞觀：《寄吳漢槎》，《秋笳餘韻》卷上，《吳兆騫資料彙編》（三），頁 148。

進。」〔註114〕漢槎兄兆寬、兆宮，當初也是愼交社中的青年才俊，「及兆騫被放，二人乃絕意進取，沉酣典籍，以詩自娛」〔註115〕。同樣，漢槎之子也是終身不樂仕進。有資料表明，系列的案獄使汲汲於科場的士人數量大爲下降，即使是在人才濟濟的江南地區，應試人數也大爲下降，每逢縣試，與試者不過二、三百人，不及原先的十分之一。康熙八年，松江知府張昇衙爲上海地區人材之淹抑，風氣之不振而上書申呈，其中寫道：「一經題參，玉石不分，淹滯至今，幾近數載。遂致懷才抱璞之士，淪落無光廠家弦戶誦之風，忽焉中輟，一方文運頓覺索然。豈非文教之衰微，而守土之扼腕也哉！」〔註116〕士人對仕途的畏懼遠離，可以清晰見出他們對朝廷的離心之勢。

清廷借科場案震懾士人的目的無疑是達到了，從吳兆騫書信中可以看出，一個在家鄉江南時志氣昂揚的翩翩少年，罹案後變成一個神沮氣喪的垂垂老者。這樣的挫折同時也起到了殺一儆百的效果，時人根據吳兆騫的遭遇，將「少小須勤學，文章可立身；滿朝朱紫貴，盡是讀書人」改成「少小莫勤學，文章壞了身。遼東三萬里，盡是讀書人。」但是「功名」兩字是堪不破的迷網，士人經一再的大獄，初時驚惶欲死，心灰意冷，然而驚魂甫定便往往故技復萌，內心重新鼓蕩起對科場克服不了的嚮往。

（五）科舉牢籠　英雄入彀

吳兆騫的遭遇，禍端在「功名」二字。對於科舉功名，吳兆騫的認識有一個頗爲曲折的反覆過程。

甫遭奇禍時，漢槎對仕途仍然充滿信心和嚮往，順治十五年三月中下旬的家書中寫道：「然兒此事實屬風影，於心既無愧怍，亦復何懼。兒身雖在獄，而意氣激昂，猶然似昔，……六弟須囑其讀書，不

〔註114〕《清史列傳》卷七十。
〔註115〕陳和志：《（乾隆）震澤縣志》卷十九人物七，清光緒重刊本。
〔註116〕葉夢珠：《閱世編》卷六，中華書局2007年版。

可以兒因功名受禍，便爾灰心也。」〔註 117〕他甚至對君主仍然報以僥幸的盼望，「獻賦未知聖主意」〔註 118〕，以爲一日或可沉冤昭雪。有時回憶如花似錦的江南、輕狂縱逸的大好歲月，不免對執迷功名萌生悔意：「青青杜若滿芳洲，回首家山憶昔遊。父子文章推二庾，弟兄才筆說諸劉。那知眉黛悲謠諑，還使衣冠泣繫囚。聞道江東花信好，五湖歸去看漁舟。」（《感懷詩八首呈家大人》其六，詩集卷四）但這種悔意仍然是較淺層的。

吳兆騫在刑部獄中共待了八個月，其間他結識了陳堪永（字子長），子長乃陳之遴之子，其父賄結內監吳良輔獲罪入獄（這是朝廷針對江南官吏的又一案獄），二人習氣相仿、惺惺相惜，多有詩篇往來。對自身及他人命運的關照反思，使吳兆騫對自己的悲劇有了更深刻的認識，《感示子長》曰：

> 夜靜危譙刻漏頻，客中對爾倍情親。
> 非關刀筆嚴持法，自是聲名解誤人。
> 獻弔湘潭悲宋玉，竄身遼海泣崔駰。
> 南天望處堪腸斷，榆柳江皋已暮春。

已經領悟到這次的科場案並非是自己的「冤屈」，乃是執迷於功名招致此禍。《有感三律次陳子長》其三對時局有更深刻的認識云：

> 欲盡平生語，艱辛敢自陳。已成鈎黨禍，莫忌獨醒人。
> 名辱憐詞賦，時厄聽鬼神。君門眞萬里，流慟向清旻。

出關後，家書中借夢見父親講授時文表達了對科舉的悲憤：「即如昨夜，復夢見父親，將一卷時文講與而兒聽。兒夢中答云：『此破家之資，辱身之本，讀之何用？』父親應云：『正是。』兒醒來，大哭……」〔註 119〕

邊關少讀書人，吳兆騫曾應聘爲當地子弟教授舉業，可能正是

〔註 117〕《歸來草堂尺牘》卷一，《吳兆騫資料彙編》（三），頁 308。
〔註 118〕《秋夜寄計甫草》，《秋笳集》卷四。
〔註 119〕李興盛編：《吳兆騫資料彙編》（三），頁 326。

在這過程中，兆騫又被觸動對科舉的渴望，家書中也開始透露出功名之念想。康熙六年七月二十一日家書寫道：「兒已取蘇還名為棖臣，木旁，從諸侄排行，而辰字，則念父親庚辰甲科，而彼乃甲辰生也……又知八弟已定姻事，甚為之喜，但不知八弟舉業如何？……昔日我家兄弟，何等氣概聲名，今俱淪落不偶，兒更萬里漂零，言之肝腸寸裂。六弟好否？尚讀書否？不知能進學否？心念不可言。五弟曾進學否？……」對家中子弟舉業的督促之急切溢於言表，也是自此時起，科舉重新成為吳兆騫高度關注和嚮往的對象。寧古塔到吳中，書信往來殊為不易，二十三年的流放生涯中，在創痛稍稍平復後，吳兆騫在不多的幾封家書中屢屢問及家中科舉情況。

康熙八年問及兄弟學業云：「五弟曾進否？六、八兩弟近況如何？」

康熙九年八月二十九日又云：「大兄夏間進京，寄有家信，何竟不到，大兄何故遠涉風塵？想援例就北試耶？兩兄舊秋無一捷者，諸弟又不聞有入泮之信，何家門淪落一至於此？……八弟從二兄讀書，甚妙，所習何經，若有近作，可寄一二篇相示，亦足知弟之筆氣如何？……二兄考第可得意否？尚能留心詩賦否？兒雖困苦，尚日日讀書。」

康熙十一年四月十九日家書曰：「兒於入夏日，為二兄秋試事，求關帝簽，得『事成功倍笑談』之句。八弟入泮，得『玉兔交時當得意』之句，似大有可望。不知果應否？」〔註 120〕對科舉按捺不住的嚮往、躍躍欲試的衝動、患得患失的心情起伏形諸筆端，全然忘記「功名」二字陷自己於人生絕境。個中原因，清初顛撲科場一生的蒲松齡深諳其中滋味，蒲松齡筆下創作了許多落第士人，他們對科舉的忿恨至多集中於個別考官的不公正，失意後偶有憤世嫉俗，發誓遠離科場，可是「日漸遠，氣漸平，技又漸癢，遂似破卵之鳩，只得銜木營

〔註 120〕家書均見李興盛編：《吳兆騫資料彙編》（三），頁 328～332。

巢，從新另抱矣。」〔註 121〕漢族士人中科舉之毒，深不可解，正是由於士人對科舉的迷戀，才使得清廷在武功既定之後，利用科舉建設文治成爲可能。

第三節　探花不值一文錢——清初暴政

除了南、北闈科場案之外，清初還爆發了著名的奏銷案。清廷對漢族士人一再地施行了殘暴的鎮壓和荼毒，攻城時以武功血洗城池，建立政權後以各類慘酷的案獄整肅士人，科場案尚未平息，又爆發了災難性的「奏銷案」。

順治十八年（1661），清廷將上年奏銷有未完錢糧的江南蘇州、松江、常州、鎮江四府並溧陽一縣的官紳士子全部黜革，史稱奏銷案。

清軍入關以來，在江南遭遇了最爲頑強的抵抗。僅就乙酉年清兵統一全國的過程，在江南遇到的反擊亦是最爲激烈的。清廷定鼎之後，江南一帶遺民活動從未銷歇，仍上下聯絡，甚至遠達海上以圖復國。東南沿海的張名振、鄭成功、張煌言於順治十年、十二年、十六年多次北上，特別是順治十六年（1659）最後這次大規模的北伐，得到人民熱情高漲的支持，軍隊一度深入南京和皖南部分地區。江南雖然士民文弱，但因爲受儒家文化的教育程度高，士子的家國天下思想較爲傳統，故而前仆後繼地爲故國犧牲。這一時期清廷利用錢糧與科舉這兩柄利器，即緩錢糧、開科舉，以收買籠絡士子與百姓。

清廷對江南一開始就懷有強烈的仇視和不滿，待到順治十八年，天下既定，故借江南積欠較多之機，大肆打擊江南紳衿，並發展爲血腥的鎮壓和殺戮。順治十八年正月二十九日上諭：「錢糧係軍國急需，經管大小各官須加督催，按期完解，乃爲稱職。近覽章奏，見直隸各省錢糧，拖欠甚多，完解甚少……如限內拖欠錢糧不完，或應革職，

〔註 121〕蒲松齡著、孟繁海校注：《聊齋誌志異》卷十三，濟南，齊魯書社 1998 年版，頁 726。

或應降級處分，確議具奏。如將經管錢糧拖欠未完之官陞轉者，拖欠官並該部俱治以作弊之罪。」〔註 122〕時蘇、松、常、鎮四府屬並溧陽縣未完錢糧文武紳衿,共計一萬三千五百一十七名。旨下，認爲「紳衿抗糧不納，殊爲可惡，該部照定例嚴加議處具奏。」〔註 123〕經部察議，現任官將二級調用，衿士褫革，衙役照贓治罪，若干褫革者又發本處枷責。一時間鞭撲紛紛，斯文掃地。此案中，四府一縣士紳得免者幾無，學校爲之一空，有鄉試方中而生員已革，有取中進士而舉人已革。順治十六年進士第三名之葉方靄，欠銀一釐被降官，致民間有「探花不值一文錢」之謠。江南科場案是對江南士人有重點的打擊，到奏銷案，就是席卷性的劫難，革除了功名，等於動搖了士子視爲命脈的仕途基礎，而且將其打擊得斯文掃地。這一點，對全國的漢族士人都有極大的震懾作用。

孟森《心史叢刊》列《奏銷案》專題指出：「特當時以故明海上之師，積怒於南方人心之未盡帖服，假大獄以示威，又牽連逆案已成獄」，以威劫南方士人也〔註 124〕。此番威劫，務令紳矜斯文掃地，兵部和禮部會同戶部，體察上意，命將拖欠錢糧之鄉宦進士舉人生員和舉貢監生生員等「提解來京，從重治罪」〔註 125〕。此令一出，差役如虎狼，士子不僅被褫革重若命根的功名，還要被嚴枷重鎖，押解進京治罪。

吳偉業有詩《贈學易友人吳燕餘》云：「注就梁丘早十年，石壕忽呼蓽門前。范升免後成何用？寧越鞭來絕可憐！人世催科逢此地，吾生憂患在先天。從今郫上田休種，簾肆無家取百錢。」〔註 126〕即詠追欠賦慘狀，二句「石壕忽呼蓽門前」，刻畫差役如石壕吏捉人之凶狠；下句更寫道隸卒凶狠之狀，鞭撲斯文。題目贈「學易」友人，

〔註 122〕王先謙：《東華錄・康熙》一，光緒十年長沙王氏刻本。
〔註 123〕《清實錄・聖祖仁皇帝實錄》卷三。
〔註 124〕孟森：《心史叢刊》，頁 3。
〔註 125〕韓世琦：《撫吳疏草》卷三，清康熙五年刻本。
〔註 126〕吳偉業：《梅村家藏稿》卷十七後集九。

謂學易乃當今好出路，語意極沉痛而憤激。

士人向來自視甚高，而當時清廷有意荼毒羞辱縉紳，故有此舉，乃至將士子與平民同監關押，「夫士夫自宜急公，乃軒冕與雜犯同科，千金與一毫等罰。」〔註 127〕太倉王昊（惟夏）乃前明王世貞後人，太倉王氏，名門之後，不幸罹奏銷案，變賣田產，還更受牽執之苦，黃與堅撰王惟夏墓誌銘云：「君就急徵得免歸，遺產斥賣已略盡，而君始以大困。後更被桎梏於酷暑中過毗陵。」〔註 128〕《梅村詩集》中亦有《送王子惟夏以牽染北行》五律四首。此處「牽染」即逮送入京也。其三云：「客睡愁難起，霜天貫索明。此中多將相，何事一書生？薄俗高門賤，清時頌係輕。爲文投獄吏，歸去就躬耕。」

梅村入清以來驚憂萬狀，這次奏銷亦不能幸免，但是給王惟夏的詩中語氣但微有哀怨而已，他人記錄提解慘狀更見觸目，邵長蘅致表兄楊廷鑒書：「江南奏銷案起，紳士維黜籍者萬餘人，被逮者亦三千人。昨見吳門諸君子被逮，過毗陵，皆鐺手梏，徒步赤日黃塵中。念之令人驚悸，此曹不疲死，亦道渴死身。」〔註 129〕另有詩《布穀謠》記錄身陷囹圄的憤懣：

> 村墟五月布穀鳴，家家驅牛向田塍。誰令我家充里正，荒田地白不得耕。昨日縣卒至，驅迫入城市。官府怒我輸稅遲，繫獄一日再論笞。肉腐蟲出，垢面蓬首，親友來相探，牽衣泣下不能止。附書與親友，歸告我妻賣兒子。

這些都是士人不能忍受的奇恥大辱，不惟無力補交賦稅之故。陳玉璂也在多首詩歌中對奏銷案表示不滿和憤慨，如他在《述懷》中這樣寫道：「獻諛誰不知，豈肯易吾節。一眚罹大獄，睚眦不可活。誰知民生疾，立賢信無方。一錢輒詿誤，麾去不煖席。昨歲課秋糧，江南遭

〔註 127〕董含：《三岡識略》，遼寧教育出版社 2000 年版，頁 81。

〔註 128〕見孟森：《奏銷案》，《心史叢刊》，頁 3。

〔註 129〕邵長蘅：《青門簏稿》卷十一，清康熙刻本。

大厄。一萬四千人，中豈無冤抑？」另一首《癸丑元旦述懷》中也說：「時方遇奏銷，縉紳厄於吏。半粟士鞭笞，一錢官委棄。」還有如《河間道中偶成七歌》其二：「有叔有叔名士益，患難以來家壁立。縣官索租不論田，一萬四千逋名人，入門妻子相顧哀，出門妻子相顧泣。嗚呼二歌兮歌漸長，兩人失志何蒼涼。」〔註 130〕當時有新場鎮舊族方秀才者，因欠錢糧，奉陳知縣簽拿，竟至於不堪羞辱，憤而刎死在縣南差人陳五官家。暴政如虎狼，斯文皆掃地，仕籍、學校爲之一空，「其在學者，無故被黜，士林不無惜之。……本年冬，學臣胡在恪歲試，所存在冊與試者每學多者不過六七十人，少者二三十人，如嘉定學不過數人而已。胡公唱名，爲之墮淚，以爲江南英俊，銷鑠殆盡也。」〔註 131〕奏銷之事後，「棄家客遊者有人，仰屋閉牖者有人，改名就試者有人，縱酒逃禪者有人，文士之氣稍稍沮喪。」〔註 132〕

由於清廷打擊手段嚴厲，江南紳矜紛紛完欠，第一批就有一千九百二十四紳戶和一萬零五百四十八名生員續完；第二批紳戶一百三十一人，衿戶一百二十四人續完；第二批又報續完三百四十九人，旨後完納者又有九十七人，未續完者除正法者三人外，實際上只有溧陽縣四人未完所欠錢糧〔註 133〕。完成的速度和廣度證明了清廷的威壓政策起到了作用，但是朝廷對江南士人似並未就此寬赦。據《閱世編》記載：「況使功使過，朝廷每多寬宥之仁，獨此欠糧各戶，非犯不教之條，在各省屢見完者隨准開復，而江南官、儒永行禁錮」，而其時正值「粵省題復續完欠戶部復俱准開復」；同頁，原任湖廣提學僉事今降級周起岐、原任翰林院編修今革職沈世奕、原任候選進士今議革

〔註 130〕俱見陳玉璂：《學文堂詩集》卷一，常州先哲遺書本，光緒間武進盛氏刊本。

〔註 131〕葉夢珠撰，來新夏點校：《閱世編》卷二，中華書局 2007 年版，頁 30。

〔註 132〕杜登春：《社事始末》，見何宗美《明末清初文人結社研究》，頁 318。

〔註 133〕見付慶芬：《清初「江南奏銷案」補證》，《江蘇社會科學》2004 年第 3 期。

鄒象雍、華振鷺、黃與堅等上疏，記當時「皇恩所著」:「凡順治十六、七、八年，催徵不得等項錢糧，照十五年以前盡行蠲免。又開舊侵盜庫銀者不赦，今亦准開免。又康熙三年上諭：寬免十五年以前錢糧，凡承追欠糧，詿誤各官，俱准免議。……又各省奏銷，如山東舉人張景燦等，福建舉人張瑞俊等，陝西貢生張焯等及廣東、浙江等處紳衿，俱蒙免議，此皇恩之寬宥於他省者然也。今起岐等情事相符，獨以抗糧名目，擯遺聖世」，當時清廷對抗糧之民已赦，侵盜之役已赦，詿誤之官已赦，或各省奏銷皆已寬宥，獨將江南紳衿擯棄不理，其中或可窺見清廷統治者對江南地區的積怨〔註134〕。

直至康熙十四年（1675）因長期與三藩作戰，戰爭缺餉，始議定順治十七年奏銷案中縉紳無他案被黜者，許納銀開復。原係職官，照品級納銀，自五百兩至六千兩不等。進士納銀一千五百兩，舉人納銀八百兩，監生納銀二百兩，生員納銀一百二十兩，均准開復。若運米、豆、草束於秦、楚、閩、粵軍前輸納者，減半〔註135〕。

待康熙十七年，與三藩的戰爭大局在握，海內新定，乃是利用科舉的絕佳時機。自清軍覬覦關外時就急急開科，入關後聽從張存仁、范文程之疏奏屢開科舉，之後又利用科場案有重點地打擊削弱江南士人力量，接下來更以奏銷案全面摧毀士人意志，再到康熙十八年重開終止了數百年的博學鴻儒制科收拾人心，如此亦張亦弛、恩威並施，清廷統治者深諳對科舉的運用之道。正如孟森先生所言：「明一代迷信八股，迷信科舉，至亡國時爲極盛，餘毒所蘊，假清代而盡泄之。蓋滿人旁觀極清，籠絡中國之秀民，莫妙於中其所迷信。始入關則連歲開科，以慰蹭蹬者之心，繼而嚴刑峻法，俾忮求之士稱快。」〔註136〕此言良是。士人功名是統治者手中利器，清廷開與革，都不過是爲了統治的方便。

〔註134〕俱見葉夢珠：《閱世編》卷六，頁158～162。

〔註135〕葉夢珠：《閱世編》卷六。

〔註136〕孟森：《心史叢刊》，頁34。

另一方面來說，功名是士子身家性命，被清廷褫奪後，難免怨恨在心。唐代末年藩鎮割據，士子落第投奔藩鎮、再策動藩鎮叛亂，歷史頗有記載〔註 137〕。殷鑒不遠，清初也有這樣的現象，周壽昌《思益堂日札》云：

> 國初江南賦重，士紳包攬，不無侵蝕。巡撫朱國治奏請窮治，凡欠數分以上者，無不黜革比追。於是兩江士紳得全者無幾。時爲康熙乙酉科，有鄉試中式而生員已革，且有中進士而舉人已革，……方光琛者，歙縣廩生，亦中式後被黜，遂亡命至滇，入吳三桂幕。撤藩議起，三桂坐花亭，令人取所素乘馬輿甲來。於是貫甲騎馬，旋步庭中，自顧其影歎曰：「老矣！」光琛從左廂出曰：「王欲不失富家翁乎？一居籠中，烹飪由人矣。」三桂默然，反遂決。軍中多用光琛謀。吳世璠敗，光琛亦就擒，磔於市。〔註 138〕

此筆記近乎小說家言，敘述吳三桂之反皆因方光琛一語相勸，其事或許未足徵信，但當時士子功名被革、心懷怨望者必然大有人在。朝廷本意不過在使手無縛雞之力的士人臣服，沒想到「奏銷案」竟然跟「三藩之亂」有這絲絲瓜葛。

順治末年案獄紛起，江南尤其成爲多難之地。順治十八年六月又有江南教案，官府追捕，得其教首，廣爲株連，雖窮村荒落不免，七月處決一百二十一人於江寧。根本原因還是當鄭成功進兵江南時，沿江諸城邑官紳陸續向鄭成功納款。事後，朝廷追查，廣爲羅織，致有「江南十案」之多，處淩遲者二十八人，斬八十九人，絞四人，流徙者更多。是日處刑，朱國治親自監斬，分五處執行，血流遍地，見者無不酸鼻。江南按察使姚延著以治金壇獄時「疏縱」，亦處絞，就刑日，江寧爲之罷市，市民哭踴，數百里祭奠不絕。

〔註 137〕唐李山甫落第入樂彥楨幕，策動其子劫殺朝廷官員王鐸；李振唆朱溫殺害裴樞等三十餘人；張策落第入幕，成爲後梁之相；黃巢落第而揭竿等。

〔註 138〕周壽昌：《思益堂日札》卷四，光緒十四年王先謙刻本。

順治十八年（1661）春，自處決金人瑞、倪用賓等士人於「哭廟案」後，又爆發了清初最嚴酷的文字獄案——莊氏明史案，此案株連之廣、手段之酷，開清代文字獄之先河。南潯人莊廷鑨，家富而目盲，得故明大學士朱國楨所著明史稿，本意不過借修史而留名，遂竄名己作，補崇禎一朝事而刊之。書中頗有與朝廷統治不馴之處，如稱清太祖爲建州都督，直呼其名；指孔有德、耿仲明等爲叛；自天命至崇德皆不書其年號，而於南明隆武、永曆則大書特書等。時歸安知縣吳之榮罷官，告發爲功，於是遂興大獄。此案株連甚廣，或其親屬子女，或參與該書撰稿者，或爲書作序、校對者，甚至爲書抄寫刻字者，或偶爾購得此書者，及該管知府，推官之不發覺者，均株連治罪。至康熙二年五月二十六日，獄決，處死七十人，其中淩遲者至十八人，諸犯妻子皆流徙；莊廷鑨早死，發墓焚骨，殺其父、兄、弟。該管之官吏如松魁削官，其幕友俱戮於市，吳昌祚、胡尙衡幸免，湖州知府譚希閔、推官李煥皆以隱匿罪處絞，殺戮之多達到七十餘人。鄧之誠先生云，當時「以江南士人多爲誹謗之言，故興大獄，遣大臣窮治株連，所殺戮百餘人，皆文學知名之士。」〔註 139〕該案成爲江南士人一大浩劫。

餘　論

清初詩壇創作活動非常興盛，主要的成果在於遺民的詩歌。對前朝的哀思，對新朝的不滿，對百姓的哀憐，對理想的追求和道德的執守都要一吐爲快，這些都一一訴諸於詩。另一方面，開國之初清廷奉行簡單粗暴的統治手段，「剃髮易服」和種種案獄的荼毒，不僅激起了遺民更大的仇恨，甚至打擊了所有的漢族士人。梅村之「每東南有一獄，長慮收者在門，及詩禍史禍，惴惴莫保……而不知吾一生遭際，萬事憂危，無一刻不歷艱難，無一境不嘗辛苦，今心力俱枯，一至於

〔註 139〕鄧之誠：《清詩紀事初編》卷一，臺北明文書局 1985 年版，頁 14。

此」〔註 140〕，正是全體漢族士人草木皆兵的心態寫照。士人與朝廷漸成離心之勢，對仕途心灰意冷者在在多有，如吳兆騫及其身邊的親友對朝廷充滿了不信任，全身遠禍。與此同時，他們又無法克服對功名的嚮往。這兩點其實並不矛盾，正如嚴迪昌先生在《清詩史》中所指出的，「清代詩史嬗變的特點是：不斷消長繼替中的『朝』、『野』離立」〔註 141〕。每一代的封建統治政權與御下的士人之間都會有彼此勢力的張弛消長，清代因其少數民族的政權性質使得這種「離」與「立」格外突出。當其對立之時，如弓張弦滿、間不容髮，但經過統治者的調節，也可能實現文化輿論界的一篇光風霽月、春容和煦。正因爲清初士人與朝廷之間的對抗愈益激烈、士人紛紛叛離才使得朝廷在武功已定之後，須加緊收拾人心，而士人對科舉的執迷使這一目的成爲可能，於是有博學鴻儒科的應時而開。

〔註 140〕吳偉業：《梅村家藏稿》卷五十七文集三十五奏疏揭疏，四部叢刊影印本。
〔註 141〕嚴迪昌：《清詩史》上冊緒論之二，頁 16。

第二章　康熙博學鴻儒科與清初詩壇

「博學鴻詞科」一詞，「鴻」亦寫作「宏」、「弘」，「詞」亦作「辭」。清康熙十八年（1679）舉行的博學鴻儒科，爲制科的一種。制科的萌芽可以追溯到漢代的察舉制中的「策問賢良」。《漢書》記載最早在漢高祖十一年，就曾發布了《求賢詔》，稱「賢士大夫有肯從我遊者，吾能尊顯之。」〔註1〕另據該書記載，漢文帝二年十一月癸卯日食，朝廷發布「舉賢良方正能直言極諫者詔」。由此可見，制科誕生之始就具備這些特徵，即朝廷親試、不涉有司；皇帝特詔、臨時設置。此外，策問創立之初衷往往是由於爆發了日食、地震等這類當時人極爲敬畏不解的自然現象引起的，國事殷憂而設求良策也成爲後世君主開設制科的一種隱性特徵。

唐代開元十九年始有「博學宏詞科」名目，博學宏詞科是介於銓選與制科舉之間的一種選舉科目，是爲了解決科舉出身後銓選問題而設置的吏部銓試與制科舉結合的一種考試。科目有博學宏詞、書判拔萃、三禮、三吏、三傳、五經、九經、開元禮、明習律令等，凡考試優等者不論獲得出身年數多少皆可立即選官入仕。其中以博學宏詞科

〔註1〕班固：《漢書》卷一《高祖紀（下）》，中華書局1975年版，頁71。

最爲清貴，登科者地位崇高。

宋代爲了提高官員公文撰寫能力，又出現了所謂「詞科」。該詞科主要考各種公文格式。宋代進士有解、省、殿三試，制舉有閣、殿二試，而詞科僅一試。宋代詞科考試有固定時間，先是一年一試，後改爲三年一試。每次所錄人數不超過五人，但特殊情況下間隔兩年或較長的時間。由此可見，宋代的制科與詞科，是兩種不同類別的考試。

元明兩朝專用進士一科，並未召舉制科和詞科。

綜上可見，從唐代至清代，博學宏詞科從科目選漸漸轉變爲制科。唐代的「博學宏詞科」介於常科與制科之間，而宋代以後的博學宏詞科就更貼近制科，清代的己未和丙辰兩次詞科則已屬於制科了。清代人稱的「詞科」並非宋代選拔公文寫作人才的詞科，這只是一種習慣說法；另外，康熙十八年的其實是「博學鴻儒科」，並非「詞」科，康熙十七年（1678）皇帝詔曰：「自古一代之興，必有博學鴻儒，備顧問、著作之選……」云云，但習慣上仍將該科簡稱爲「詞科」。

己未詞科對有清一代之政治、文學、文化、士人思想、社會風氣等都有重大影響，因此歷來受到眾多學人的注意。早在康熙年間，士人就力圖記錄下這一重大歷史事件，朱彝尊計劃撰述《鶴書集》，毛奇齡有《制科雜錄》，全祖望有《詞科摭言》、《公車徵士小錄》；至清中葉還有杭世駿《詞科掌錄》、《詞科餘話》、《鴻詞所業》，沈德潛亦有《博學宏辭考》等，尤其有文獻價值的是李集的《鶴徵錄》和秦瀛的《己未詞科錄》。二書的作者都是己未年與試鴻儒的後人，李集爲鴻博未取李良年之曾孫，李集之著乃在整理曾祖筆記之基礎上撰述而成。李集之筆記僅集四十餘人，並且殘墨模糊，幾不可讀，其從孫李富孫、李遇孫爲之編纂修訂，成書《鶴徵錄》和《鶴徵後錄》，首次刊行於嘉慶二年（1792 年）；秦瀛高祖乃是己未詞科一等八名之秦松齡，秦瀛有感於先祖榮耀，《己未詞科錄》搜羅備至，資料之豐富遠勝前人，舉凡檔案、文集、筆記、方志均有收納，歸爲紀事、軼聞、人物傳略三大類，讀之可見己未詞科概貌。總的來說，秦、李二著都屬於資料搜集性質，他們不曾、也不可能對鴻博的歷史作用和是非功過作出客觀的評價。

孟森先生對康熙十八年的博學鴻儒科研究有開拓貢獻。孟森先生治清史多年，卓有建樹，其針對康熙博學鴻儒科所作的研究成果——《己未詞科錄外錄》一文，雖然不過兩萬餘字，卻以前人不能達到的高度和深度，深入剖析了己未詞科對於清初時局的重大意義。

《己未詞科錄》和《己未詞科錄外錄》各有特點，前者大而全，後者專而深，對後來研究者均有重大借鑒意義。

建國後對博學鴻儒科的研究，大多集中於對該科的介紹或闡釋，核心觀點仍然是承襲了孟森先生的「籠絡遺民說」。1993 年《故宮博物院院刊》刊登的趙剛《康熙博學鴻詞科與清初政治變遷》認爲該科是清初「扶南抑北」政治策略的體現，有別於孟說，頗有新意。

除了一些單篇闡述博鴻科的論文，還有雲南師範大學段潤秀碩士論文《康熙朝博學鴻儒科述論》、華中師範大學賴玉芹博士論文《博學鴻儒與清初學術轉變》及南京大學張亞權之博士論文《康熙博學鴻詞科研究》三篇。段著是對該科做了全面的梳理，呈現了基本的文獻，限於碩士論文的篇幅，未加展開；賴著是從有清學術發展之角度，闡釋了「博鴻科」對乾嘉學術的啓發乃至整個清代學術的啓蒙；張著對博鴻諸人進行考訂並撰小傳，由於對博鴻科研究的深入，張著還提出了很多富於創見的設想，有待於後來進一步深入。

研究清代科舉對詩歌的影響，康熙十八年的博學鴻儒科無疑是至關重要、無法迴避的一個課題。通過對明末清初的詩歌發展分析，可以看到明代遺民詩歌創作異常活躍，亡國、亡天下的悲痛鬱結在他們心頭，非歌哭無端、長吟泣血不足以發抒悲憤。康熙中後期，遺民詩歌創作活動漸漸銷歇，王士禛倡導沖融暇意、自然淡遠的「神韻」詩風，並獲得了眾多詩人的認可，詩壇發生了顯著的變化。如鄭孟彤所說：「從顧炎武到王士禛，我們可以明顯地看出，在詩歌的發展上，由幾乎獨占詩壇的慷慨激昂的愛國詩篇，逐漸轉變爲反映現實多面性和風格多樣化的作品蓬勃發展。」〔註 2〕對於這樣的轉變，康熙十八年的博學鴻儒科起了重要推動作用。

第一節　融合之關紐——博學鴻儒科開科背景

自元明迄清初，制科已停數百年，康熙十七年，朝廷下詔重開制科，並以「博學鴻儒」爲題，這到底是出於什麼樣現實的需要呢？經分析，主要是當時國內局勢所推動：

一、朝野離合

清初順治間至康熙即位的前期，朝廷對士人採取的是殘酷的統治政策，每每欲加之罪，何患無辭，引發了許多冤獄。順治朝科場案發案率之高爲清代之最，也是中國歷代之最。據《中國考試通史》統計，順治在位十八年，史有明載的科場案達十四起〔註 3〕。其中順天與江南兩闈的科場案慘酷程度令人髮指，其屠戮人員之眾、牽連無辜之廣、流放邊地之苦，給漢族士人心靈蒙上了巨大的陰影。

順治十八年（1661）的江南奏銷案更是波及甚廣，整個江南被革功名者共達一萬一千三百多名，只有極少數能夠幸免。日後博學鴻儒科徵召的著名士人中，當年罹案的有董俞、計東、秦松齡、田茂遇、張淵懿、彭孫遹，還有徐元文時官修撰，以是案詿誤謫鑾儀衛；葉方藹時官編修，以欠銀一釐左官；韓菼方補博士弟子員，以欠糧三升黜革；宋德宜時官編修，以誤實逋籍亦詿吏議；汪琬時官刑部郎中，坐是案謫北城兵馬司指揮；顧湄値奏銷詿誤，絕意進取；此外還有范必英、黃祖顓、錢陸燦、宋實穎等等，其餘蓋不勝紀。

經此一劫，江南士人元氣大喪，功名之心也大大消退，棄舉子

〔註 2〕鄭孟彤：《試論清初詩歌發展的趨向》，《海南大學學報》1984 年第 1 期。

〔註 3〕楊學爲主編：《中國考試通史》，首都師範大學出版社 2004 年版，頁 324～326。

業、縱遊四方、寄情翰墨、專心風雅者大增。此案不僅對江南、甚至對全國士人的惡劣影響都是不可低估的，漢族士人更加不信任清廷，與之隱隱形成對立之勢。

二、三藩之亂

三藩之亂，實由吳三桂起。吳三桂因助清軍入關，並在剿殺明朝餘部過程中建立了累累戰功，被清廷封爲親王，鎮守雲貴。吳三桂駐守一隅，勢力龐大如唐代藩鎮割據，雲、貴督撫均受他節制，其所除授文武官員，號稱「西選」，「西選」之官遍布各地。吳三桂勢重而驕縱，天下財賦半耗於三藩，又借疏河修城，廣徵關市，榷鹽井，開礦鼓鑄，壟斷其利，竟私自鑄錢，稱「西錢」。不僅如此，他還在專制雲南十餘年中，日練兵馬，利器械，暗存硝磺等禁物。接通蒙古與西藏，往來不絕。他遍布私人於水陸要衝，各省提鎮多有心腹。其子吳應熊爲額駙，每將朝政鉅細旦夕密報至西陲。三藩漸成尾大不掉之勢。

康熙帝親政後將三藩視爲心腹大患，終於在康熙十二年（1673）春，作出撤藩的決定，吳三桂亦於這年 11 月造反。値得注意的是，吳三桂起初只是自稱「大元帥」，並以「反清復明」的旗幟爲藉口，這多少點燃了天下復明的希望之火，因此頗得人心，他第一階段的勝利跟這個有很大關係。吳三桂軍由雲、貴而開進湖南，幾乎占據湖南全省。繼而進犯四川，四川官員紛紛投降。福建、廣東、廣西、陝西、湖北、河南等地都有藩王或將領響應。同時世傳「朱三太子」有望復辟，各地義軍紛起，一大批封疆大吏和統兵大將均倒戈相向，加入「三藩」陣營。一些本來就四處活動的遺民重新樹立了復明的信心，與吳三桂往來密切。著名遺民詩人屈大均，清軍破廣州，遁入空門，行遊南北，交結遺民，不久又棄禪歸儒。其在會稽，與魏耕善；在陝，交顧炎武、李因篤。魏耕通消息於鄭成功，大均與謀；吳三桂反，又一度從其軍於湖南，旋以不合謝歸；錢邦芑，丹徒人，詩壇名家，曾與萬壽祺同在太湖起義，後轉入西南桂王政權；方孝標，順治六年（1649）中進士，官侍讀學士。順治十四年（1657）因其弟方章鉞罹江南科場案，父子兄弟遣戍寧古塔。順治十七年（1660）納贖放歸，方孝標於康熙九年（1670）入滇，與吳三桂往還，並著《滇黔紀聞》。

一時士人附和，百姓動搖，叛亂波及十一省，清軍東征西討，顧此失彼。「三藩之亂」使得清初剛剛穩定的局勢又開始動蕩起來，原來逐漸消減的民族矛盾又重新激化起來。「三藩之亂」揭示了統治階級內部存在深層矛盾，江山馬上得之，卻不能馬上治之，要眞正維護國家的長治久安，必須努力爭取廣大漢族人民尤其是士人的眞心支持，必須從深層次化解滿、漢矛盾，解決民族認同、文化認同等問題。爲了這一目的，朝廷遂重開博學鴻儒特科。

三、南北官紳〔註4〕

自明代起，華北在政治意義上的地位就要勝過南方。朱元璋不喜南人，明都自南北遷，北方更是成爲京畿要地。清軍入關，華北位於軍事關防之地，對遼瀋和華北士紳借力頗大，早在入關前，遼東降將孔有德、尙之信、耿精忠並已封王，此外定鼎之際即建言開科取士以安天下的張存仁和范文程，亦俱爲北籍。

張存仁（？～1652），明末清初遼陽（今屬遼寧）人。原爲明寧遠副將。降清後隨都統葉臣略定山西、取太原，又從豫親王多鐸攻河南、江南。順治二年（1645），管浙江總督事。疏請開科取士，以安人心，文治武功赫赫。

范文程（1597～1666），字憲斗，號輝岳，遼東瀋陽衛（今瀋陽市）人。出身於明朝官宦之家，早在天命三年（1618），努爾哈赤攻陷撫順，范文程即投效後金政權。清太宗時，爲主要謀士之一，深受倚重。順治二年南京攻下後，范文程上疏請於順治三年、四年再次舉行鄉試、會試。帝從之，於是得人稱極盛，爲清政府鞏固對北方的統

〔註4〕1993年《故宮博物院院刊》刊登的趙剛《康熙博學鴻詞科與清初政治變遷》認爲該科是清初「扶南抑北」政治策略的體現，對本節論述啓發尤多，在此致謝。

治，進而統一全國立下汗馬功勞。因此，清朝入關後「選用北人殆盡……是河北土地人物俱失矣！」〔註 5〕

據不完全統計，在滿洲貴族入關前，文館及內三院的 27 名漢官中，遼東、華北籍 15 人；在清初任用的 108 名漢族降臣中，遼東、華北籍達 93 人〔註 6〕。入關後，南北黨爭中南黨一直處於下風。順治十年「南黨案」發，馮銓、寧完我上疏誣陷南黨核心人物、江南溧陽人陳名夏「結黨懷奸，情事叵測」〔註 7〕，帝於順治十二年絞殺陳名夏，並陸續處置了陳之遴等一批南籍官員。順治十三年 4 月 18 日，順治帝戒各官，毋因地域而分黨立門戶。敕諭：「朝廷立賢無方，不分南北。南人中有賢有不肖，北人中亦有賢有不肖。朕近日處分各官雖多南人，皆以事情論，非以地方論。爾等比肩事主，皆當仰體此意。凡有論列，須從國家起見，毋歧方隅，毋立門戶，毋泄己私忿，毋代人誣陷，毋以風聞輒告，毋以小過苛求，務期公忠自矢，共還蕩平之治。」〔註 8〕本著安撫南人之意，卻正暴露了南北之不平。

康熙十七年，清廷面對的不再是戰爭的局面。是年，康熙與三藩的作戰已勝券在握，海內武功已定，大清即將進入全盛時期，正需文治的懷柔政策。江南爲歷代人文淵藪，是天下的學術和文化中心，遺民活動、抗清情緒又特別強烈，南方未穩、天下難安，南人不仕、國家不昌，經過前面所論的奏銷、科場等案，江南士人元氣大傷，是需開科以懷柔的時機了。康熙十六年（1677）十一月，江南道監察御史和鹽鼎上奏云：「查世祖章皇帝時，鄉試增於丙戌，會試增於丁亥。至順治十六年又以雲貴蕩平，己亥復行會試，取中進士四百名。無非以收拾人心，而先加恩於士類，往事昭然。」〔註 9〕爲了國家政治的

〔註 5〕談遷：《國榷》卷一〇三，崇禎十七年九月辛亥，上海古籍出版社 2008 年版。

〔註 6〕趙剛：《康熙博學鴻詞科與清初政治變遷》，《故宮博物院院刊》1993 年第 1 期。

〔註 7〕王先謙：《東華錄》順治二十二，光緒十年長沙王氏刻本。

〔註 8〕同上，順治二十六。

〔註 9〕中國第一歷史檔案館編：《清代檔案史料叢編》第十輯，中華書局 1984

穩定，無論從江南、還是全國士人的角度，開科舉以收拾人心無疑都是一條妙策。

清人福格《聽雨從談》云：「康熙八年，既復八比之文，天子念編纂《明史》必須績學能文之士，乃詔啓『博學鴻儒科』，以羅博洽之彥。」〔註10〕意謂八比之文未能網羅眞才實學之士，開鴻博以召集人才修史，這樣的觀點太流於表面。清廷是頭腦清醒的統治者，入關伊始，即目標明確地開始對殘明和李自成餘部爲主的軍事抵抗勢力的毀滅性打擊，同時進行對以江南文化世族爲核心的士階層道統的高壓性整肅。從順治朝末期到康熙十七年「鴻博」特科召開時，也即東南沿海與西南邊陲殘明政治勢力的衰敗之際，等到「三藩之亂」勘平，清王朝必須加強其文治之整飭，以輔助武功來進一步穩定其政權，從而進入太平盛世。爲了實現這一目標，科舉制度作爲文化中介最合適不過。眞相正如《清史紀事本末》卷二十一所言：「聖祖康熙十七年，春正月，詔舉博學弘儒，備顧問著作之選。時海內新定，明室遺臣，多有存者，居恒著書言論，常慨然有故國之思。帝思以恩禮羅致之。」〔註11〕制科之開，不僅是「滿漢之融合關紐」〔註12〕，也是南北融合、天下大同之關紐。

第二節　一隊夷齊下首陽
——博學鴻儒科徵召過程

一、薦舉

康熙十七年（1678）詔曰：「自古一代之興，必有博學鴻儒，備顧問、著作之選。我朝定鼎以來，崇儒重道，培養人才，四海之廣，

年版，頁146。

〔註10〕福格：《聽雨叢談》卷四，臺北文海出版社1971年版。

〔註11〕黃鴻壽編：《清史紀事本末》卷二十一，北京圖書館出版社2003年版。

〔註12〕孟森：《明清史論著集刊》，中華書局2006年版，頁491。

豈無奇才碩彥、學問淵通、文藻瑰麗、追踪前哲者？凡有學行兼優，文詞卓越之人，不論已仕未仕，在京三品以上及科道官，在外督撫布按，各舉所知，……嗣膺薦人員至京，詔戶部月給廩餼，明年三月召試體仁閣。」〔註 13〕

詔書下達後，大學士李霨等薦曹溶等 77 人。除正史記述外，在野史、筆記中亦多有記載。諸書所記薦舉人數也大不相同。《清聖祖實錄》、《清史稿》載薦舉人數爲 143 人；王士禛《池北偶談》、李集《鶴徵前錄》、施閏章《學餘堂集》記被舉人數爲 186 人；福格《聽雨叢談》記載人數爲 191 人，而據各省人數統計時，又稱共得 183 人；秦瀛《己未詞科錄》計爲 200 人。總的特點是野史、筆記的薦舉數大於正史、《實錄》的記載，這說明，正史沒有記入那些「辭不就徵者」的人數，因爲所謂「辭不就徵」本無證據記載，而諸家筆記野史附會甚多，甚至超過秦著所統計。

因所薦鴻儒遲遲未赴京城，吏部又於康熙十七年（1678）七月二十二日，題請各省催送。據《清聖祖實錄》所記，此次催送人員爲：李顒、汪琬、張九徵、周慶曾、彭桂、潘耒、稽宗孟〔註 14〕。另據李集《鶴徵前錄》、秦瀛《己未詞科錄》等書所記，力辭博學鴻儒科之薦的還有：顧炎武、黃宗羲、呂留良、萬斯同、李清、徐夜、閆性道、費密、杜越、傅山、王宏撰等共計二十八人，多爲前明故家之子弟和清初著名學者。幾經催送的結果，上述汪碗、周慶曾、潘耒、吳元龍、范必英等如期應薦赴京，李清因守喪例辭不究，名士顧炎武、黃宗羲等仍拒辭不赴。

二、應試

對應鴻博試者，朝廷禮遇甚厚，各家筆記裏多有記載，稱美不已。

給俸資助：被薦者到京時間不一，又須等待被薦之人全到之後

〔註 13〕《清實錄》卷七十一，轉引自陳文新主編：《歷代制舉史料彙編》，武漢大學出版社 2009 年版，頁 484。

〔註 14〕《清實錄·聖祖仁皇帝實錄》卷七十一。

方能舉行考試，由於等待時間過長，有的先到者生活困難，如「施愚山（閏章）久於仕宦，應徵而至，坐臥惟一羊裘，即抵京，且稱貸以營寒具。其他貧士，或就食豁輔，或寄宿僧廬，北地寒苦，狼狽萬狀。」〔註15〕為解決應薦者的困難，康熙十七年（1678）十一月詔除京城現任官員外，對其他應薦的官人、布衣給月俸銀三兩、米三斗，直到考試後停止。對此，徵士秦松齡寫詩《恩頒薦舉人月廩恭紀》表達感戴之心：

歲暮偏驚旅食心，一時同被主恩深。
上林未給尚書札，客舍先分少府金。
入座暖風依散帙，閉門晴雪照高吟。
須知每飯皆君賜，白首編摩恐不任。

延遲考期：應薦人齊聚北京之後，時屆隆冬季節，於是又對考試日期作出特別安排。康熙十八年（1679）正月十七日上諭吏部：「……應薦人員已陸續到部，欲行考試。因天寒晷短，恐其難於屬文，弗獲展厥蘊抱。今天氣既已融和，應定考期。」〔註16〕將考試日期延至天氣逐漸暖和之日。

試前賜宴：太宰掌院學士復宣旨云：「汝等俱係薦舉人員，有才學的，原不必考試，但是考試，愈顯你們的才學，所以皇上十分敬重，特賜汝宴。凡是會試、殿試、館試、狀元、庶吉士、俱沒有的，汝等要曉皇上德意。」〔註17〕

閱卷尺度：資料記載，特科試後的閱卷標準十分寬容。康熙帝親自過問「鴻博」試卷，並與閱卷官討論有關問題曰：「問：『有不完卷的，何以例在中卷？』（指嚴繩孫卷）眾對曰：『以其剩詞可取也。又問：上上卷內有『驗於天者不必驗於人語，無礙否？』（指彭孫遹卷），眾對曰：『雖意圓語方，故無礙也。』又問：『有或問於予，曰及唯唯

〔註15〕徐珂：《清稗類鈔》（第二冊）考試類，中華書局1986年版，頁706。
〔註16〕《清實錄・聖祖仁皇帝實錄》卷八十。
〔註17〕秦瀛：《己未詞科錄》卷一，臺北明文書局1985年版。

否否語，豈以或指朕？予自指耶？』（指汪琬卷）眾對曰：『賦體本有子虛，亡是之稱，大抵皆寓言，似不必有實指也。』又問：『有女媧補天事信否？』（指毛西河卷）僉都（指閱卷大臣馮溥）對曰：『在《列子》諸書有之，似乎可信。』及拆卷，上又曰：『詩、賦韻，亦學問中要事，何以都不檢點賦韻？且不論即詩韻取上上卷者亦多出入，有以冬韻出宮字者（指潘耒卷），有以東韻中出逢、濃字者（指李來泰卷），有以支韻之旗誤出微韻之旂者（指施閏章卷）』。眾曰：『此緣功令久廢，詩賦非家弦戶誦，所以有此，然亦大醇之一疵也，今但取其大焉者耳。』上是之。』〔註 18〕

徐珂的《清稗類鈔》亦有資料記康熙帝問：「詩中有云『杏花紅似火，菖葉小於釵』，菖葉安得似釵？蓋朱彝尊卷也。眾對曰：『此句不甚佳』。上曰：『斯人故老名士，姑略之』。」〔註 19〕以上兩則可見出皇上的意思很明確，即不作深究、廣開收錄，因此該科得人甚眾，五十人俱授翰林官，纂修明史。

三、任職

博學鴻儒開科取士後，榮耀異常，其任職的首要任務是修《明史》。《明史》爲後世史家評爲歷代修史中較爲成功的一部，鴻博諸人居功甚偉。

除了修史，諸位鴻儒還有其他編撰，如汪霦編纂《佩文韻府》成，擢戶部右侍郎，旋命纂輯《佩文齋歷代詠物詩》。年逾六十，仍然重任在身，除編纂《佩文韻府》外，還有《詠物唐詩》、《廣群芳譜》等。

康熙辛酉（1681），增起居注日講官八人，爲曹禾、湯斌、秦松齡、朱彝尊、嚴繩孫、潘耒和徐乾學。除徐乾學外，其餘全是鴻博中人，皇帝對其優遇可想而知。

此外，鴻儒還曾擔任科舉的考官。科舉乃天下之重，擔任科舉考

〔註 18〕秦瀛：《己未詞科錄》，卷一。
〔註 19〕徐珂：《清稗類鈔》，頁 708。

官是無尚風光之事，而鴻儒們甫一入選，便得膺此職，可謂幸事。據《清秘述聞》記載，康熙二十年（1681），便大規模地派遣鴻儒主考各省鄉試。如湯斌爲浙江鄉試正考官，秦松齡爲江西鄉試正考官，李來泰爲湖廣鄉試正考官，米漢雯爲雲南鄉試正考官，喬萊爲廣西鄉試正考官，施閏章爲河南鄉試正考官，邵吳遠爲廣東鄉試正考官，曹禾爲山東鄉試正考官，沈珩爲順天鄉試副考官，嚴繩孫爲山西鄉試正考官，汪霦爲陝西鄉試副考官，方象瑛爲四川鄉試正考官，朱彝尊爲江南鄉試副考官，此後歷屆科舉派遣不絕。在典試的同時，遊覽訪友、吟詩作對發抒情懷是少不了的，朱彝尊描述這種愜意說：「惟三年一省試，主司畢事而返，不立程限，歸時所經歷岩壑之勝，友朋文酒之會，偶一流連勝詠，而聞者不以爲非。蓋聖主尙文，故遇使者特優。」〔註20〕這樣一次典試，往往就有大量詩作，如方象瑛於四川既定，詔補省試，奉命遺往，歸而雕刻其詩爲《錦官集》；王頊齡主陝西試，發榜後，覽咸陽之勝，浴溫泉，登太華之顚，渡河而北，往還賦詩五十首等〔註21〕。鴻儒主持考試，衡文選才，爲國家的文化教育和官吏的選拔事業作貢獻，同時他們通過自身的恩遇對朝廷漸生感激之情，而出外主持科舉更將這種感激傳播到廣大士人中間。

四、鴻儒之結局

入選五十位鴻儒，雖然一時風光無匹，說到底不過是清廷文化懷柔政策的一顆棋子，一旦時機不再需要，便棄置不以爲意，後來果然人才凋零。如陳鴻績授檢討十二日而卒，李因篤三日乞歸，汪琬在館三月爲明史總裁葉方靄排擠而去，范必英分纂事畢歸，沈筠未幾卒；康熙二十一年（1682）陳維崧卒於河南，沈珩、尤侗乞歸；次年，施閏章勞卒；二十三年（1684），李來泰卒於京師，周慶曾卒於浙闈公

〔註20〕朱彝尊：《曝書亭集》卷三十七，《方編修錦官集序》，四部叢刊影印本。

〔註21〕朱彝尊：《曝書亭集》卷三十七，《王學士西征草序》。

署，潘耒以浮躁降歸，朱彝尊被逐出內廷，嚴繩孫亦乞假歸里，秦松齡以順天鄉試蜚語歸鄉，張鴻烈以越職言事裁抑歸里。康熙二十四年（1685），毛奇齡、方象瑛病歸，張烈卒，龐塏、錢中諧、崔如岳皆降調。二十六年（1687），喬萊、徐釚皆罷歸，湯斌、米漢雯卒，曹禾似已先歸。康熙三十年（1691），李澄中、黃與堅、馮勖、曹宜溥、高詠均歸，次年，錢金甫卒於官。三十三年（1694），邵遠平被斥，次年，陸棻休致。三十六年（1697），彭孫遹告歸，後三年卒。三十八年（1699），徐嘉炎告歸。四十三年（1704），李鎧卒。

五十位鴻儒中，能夠善終的少之又少，或旋歸，或早卒，或降調，或閒置，進退失據，百無聊賴。陳維崧詩中一一記錄了被徵召之初的得意飛揚到後來黯然失意的心情。康熙十七年，同爲徵士的傅山曾與陳維崧展開了一場爭論，傅山以詩「盛世偏修聘士儀，老夫濫被徵車寵。兒扶孫曳還仗誰？此事商山眞作俑」來表明拒徵之意。而陳維崧認爲是該出的時候了：「即今誰恨驥伏櫪？疇昔爭看蠶出蛹。」〔註22〕還欣然賦詩歌頌：「中朝欻求賢，軺車遍林莽」（《送同年李子德終養還秦中》其三，詩集卷六），歡呼有了施展抱負的時機：「男兒管樂儔，寧惟效明哲？」（同上，其四）考試、入選授官後，詩人著實興奮了一陣子：「我今遭際本意外，一身甘受朝衫羈」（《壽冒巢民先生七十》，詩集卷七）。詩人以爲進得翰林院這一清華之地，是時機實現「人生作官要濟物」的理想了，可是不久發覺封翰林也不過是修史、歌頌修平、清閒無爲，與自己的理想相去甚遠。此外，從前經年草野的生活，雖然可能貧困顛簸，但卻自在自得。如今來到這京畿之地，接觸的對象非富即貴，陳維崧這種底層來的漢族士人不僅無法實現抱負，甚至有時連基本尊嚴也受到挑釁：「三載混長安，蹙蹙鳥在笯。平明開九門，喚呷盛紈絝。期門羽林兒，肥者白如瓠。青絲絡馬頭，揮鞭有餘怒。搕人狹巷間，逼仄不使度。問爾何官職，視爾疲行步。良久得官

〔註22〕陳維崧：《除夕前二日同儲廣期過慈雲寺訪傅青主先生》，《湖海樓詩集》卷六，清刊本。

名，輒指揶揄去：『爾曹在世上，窮薄天所賦！』歸來色死灰，淒哽仗誰訴？」「朝扣富兒門，暮隨肥馬塵。殘羹與冷炙，到處潛悲辛。」（杜甫《奉贈韋左丞丈》））這樣的遭遇恐怕是眾人的共同感受，多位鴻儒在牢騷不平中紛紛離去或辭世，陳維崧在矛盾和痛苦中也不久即卒。

朱彝尊也曾在《騰笑集》自序中提及罷官經歷：「噫！主人（自稱）以詩文流傳湖海四十年，一旦致身清美，入侍禁近，賦命誠非薄矣，卒齟齬於時，人方齒冷！……」不耐匡居寂寥而出，卻遭遇齟齬，終於致人騰笑而黯然離局。

第三節　誰聽秦淮舊竹枝——博學鴻儒科與清初詩歌之變

一、對漢族士人的影響

（一）故國與功名

黃宗羲晚年分析士風變遷的原因時說：「年運而往，突兀不平之氣，已爲饑火之所銷鑠。……落落寰宇，守其異時之面目者，復有幾人？」〔註 23〕隨著故國淪亡日久，故國之思日益淡化，出處之間的是非標準也不再嚴格。生爲士人，功名之念卻無法忘卻，而博學鴻儒科的徵召給了私下已經蠢蠢欲動的士人一個極好的契機，從而欣然出仕。

浙江秀水朱氏，與前明淵源深厚，甲申明亡，朱彝尊年僅十六歲，便參加過多次義軍起義或遺民的秘密集會，後眼見復明無望，遂陸續遠遊入幕長達二十餘年，期間聲譽日高、學識益富而僅爲一布衣，在長期「落魄江湖載酒行」的生活中內心產生了不滿，《報周青士書》云：

〔註 23〕黃宗羲：《壽徐掖青六十序》，《黃宗羲全集》第 11 冊，浙江古籍出版社 2005 年版，頁 64。

……來教云：吾黨數人，漂轉四方，天自、韜荒、武曾類皆有所遇合，而聽聞之謬，謂僕以古文辭傾動一時。比之不龜手之藥，其業則均，而洴澼洸，封侯有異，則僕誠有所未安。僕頻年以來，馳逐萬里，歷遊貴人之幕，豈非饑渴害之哉？每一念及，志已降矣，尚得謂身不辱哉？昔之翰墨自娛，苟非其道義不敢出，今則徇人之指，爲之惟恐不及。夫人境遇不同，情性自異，乃代人之悲喜，而強效其歌哭，其有肖焉否邪？古之工於此者，莫若陳琳、阮瑀；工而多者，莫若劉穆之，然傳於今者特少。則以當時雖歎其工，而之三人者，終未慊於心，以爲不足傳而棄之者多也。至徐幹懷文抱質，有箕山之志，自出其文爲《中論》，傳世最久，儒者取焉。然則欲文之工，未若家居肆志者之獨得矣。〔註24〕

朱彝尊對故明的感情已經爲「饑渴」所害，志氣已降。他曾有《弔王義士》一詩：「中丞弟子舊家風，杖屨相隨誓始終。閉戶坐憂天下事，臨危眞與古人同。短書燕市遺丞相，餘恨平陵哭義公。此地由來多烈士，千秋哀怨浙江東。」詩風慷慨激昂，可以看出詩人當時寧可賫志以歿，也要保持高尚人格的決心。然而他所詠的王義士——王毓蓍早已堪破眞相：「吾輩聲色中人，慮久則難持也」，深恐不能自持而毀己名節，後王義士竟自「投柳橋下，先宗周一月死」〔註25〕，以死明志，誓不變節。「聲色中人」都恐難自持，何況朱彝尊這樣自視甚高的功名中人。他二十二歲時所作《放言五首》自命：「長門賣賦司馬，秦市懸書呂韋。吾生恨不能早，手載其金而歸。」而《寄錢二枋》放言：「我登魯連臺，吾入淮陰市。不知千黃金，何人酬國士？」朱彝尊對功業期望甚高，這種饑渴之心不能消歇，終於會影響他的出處。事實上，他的第一位幕主，廣東布政使曹溶，就是一位多爾袞時期即率先迎降的故明官員。入曹溶之幕，意味著朱彝尊某種程度上已經接

〔註24〕朱彝尊：《報周青士書》，《曝書亭集》卷三十一。
〔註25〕張廷玉等：《明史》卷二五五，列傳一四三，乾隆武英殿刻本。

受了滿清的統治，再加上對自己才華的自負，對現狀的不滿，他的故國之思已轉化爲一種追求個人功名的強烈願望。康熙三年（1664），朱彝尊過揚州，對時任揚州推官、并詩名漸滿天下的王士禛投詩，王士禛有詩回贈，朱彝尊對此頗爲感動。康熙六年（1667）朱彝尊爲王漁洋的詩集作序，他寫道：

> 蓋自十餘年來，南浮湞桂，東達汶濟，西北極於汾晉雲朔之間。其所交類皆幽憂失誌之士，誦其歌詩，往往憤時嫉俗，多離騷變雅之體，則其辭雖工，世莫或傳焉！其達而仕者，又多困於判牘，未暇就必傳之業，間或肆志風雅，卒求名位相埒者互爲標榜，不復商榷於布衣之賤！信夫傳者之難其人，而欲附之以傳音又難也。〔註26〕

竹垞對詩壇進行了劃分，一邊是「憤時嫉俗」的失誌之士，與之對立的則是「達而仕者」，他不滿當時詩壇這種兩極對立、而「達而仕者」之間相互標榜、對他這樣的布衣不以爲然的局面。王士禛這樣的仕途通達者與之交，令朱彝尊喜不自勝。在這樣的心情下，鴻博之開，朱彝尊欣然與試，一旦高中，青雲直上，生活頗爲得意：「三布衣者，騎驢入史居，卯入申出，監修總裁交引相助。越二年，上命添設日講官知起居注八員，則三布衣悉與焉。是秋，予奉命典江南鄉試，君亦主考山西。比還，歲更始，正月幾望，天子以逆藩悉定，置酒乾清宮，飲宴近臣，賜坐殿上。樂作，群臣依次奉觴上壽。依漢元封柏梁臺故事，上親賦昇平嘉宴詩，首倡『麗日和風被萬方』之句，君與潘君同九十人繼和，御製序文勒諸石。二月，潘君分校禮闈卷。三布衣先後均有得士之目。而館閣應奉文字，院長不輕假人，恒屬三布衣起草。二十二年春，予又入值南書房，賜居黃瓦門左。用是以資格自高者，合內外交構。」〔註27〕在朝多年，皇上對其隆遇異常，如典江南鄉試，衣錦還鄉，入值南書房，充日講起居注官，與皇上倡和等，直至康熙

〔註26〕朱彝尊：《曝書亭集》卷三十七《王禮部詩序》。
〔註27〕朱彝尊：《曝書亭集》卷七十六墓誌銘，《編修嚴君墓誌銘》。

三十一年（1692）罷官，回鄉著述。

前期過了二十幾年江湖載酒的日子，竹垞詩多有記錄風雲變幻堪比詩史者，如《捉人行》、《馬草行》；有抒寫漂泊途中的觸景生情者，如《大廟峽》、《香爐峽》；有歷史興亡感慨遙深者，如《岳忠武王墓》、《處州懷古》；還有大量寄託悲慨情懷的寄同志之詩，《弔王義士》、《逢姜給事埰》等。名篇《夢中送祁六出關》爲贈「通海案」被遣戍之祁班孫所作，有豪氣、有傲骨、有眞情：「酌酒一杯歌一篇，沙頭落葉何紛然。朔方此去幾時返，南浦送君眞可憐。遼海月明霜滿野，陰山風動草連天。紅顏白髮雙愁汝，欲寄音書何處傳？」

往者，朱彝尊欣賞的詩歌創作觀乃是韓愈的「不平則鳴」，「是故軟美圓熟，周詳謹願，榮華富厚，世俗之所歎羨也，而詩人以爲笑。淩厲荒忽，敖闢清狂，悲憂窮蹇，世俗之所詢姗也，而詩人以爲美。人之所趨，詩人之所畏；人之所憎，詩人之所愛。」（《馮定遠詩序》）其作或氣骨淩厲，或寄託深遠，爲騷誦，爲關塞之音，或有時吳傖相雜，都不乏情眞意足、格高調勁之作。自入選鴻博後，再變而爲應制之體。康熙十八年後，朱彝尊的詩中有時連篇累牘地記錄侍宴、賜宴，或有侍郎、尚書招飲，或是賞花題畫其樂無窮。《清史稿・朱彝尊傳》載：「（朱彝尊）數與內廷宴，被文綺、時果之賚，皆紀以詩。」〔註28〕康熙二十二年連續作了十八首紀恩賜物詩，其中《壬戌除日保和殿侍宴》「誰當頌椒會，猶侍聖人前。」將當朝天子說成是「聖人」，極盡諛媚；《賜御衣帽恭紀》「回憶滄江六年事，笋皮荷葉釣船篷」，兩聯則將自早年的困頓和今日的榮貴相對比，感激之情，溢於言表。對於這樣的「異數」，準備「歸田對客異時誇」，惟有「承恩還自哂，報國只文章。」其詩如《除日侍宴，乾清宮夜歸賦》：「千門除日已春融，兩度椒盤侍禁中。坐聽鈞天仙樂後，起看珠斗上關東。歸鞍笑逐三駿馬，守歲歡迎五尺童。不是雲漿浮鑿落，衰顏那傍燭花紅。」掩飾不住的得意之色躍然紙上，跟從前顛沛流離的驢背賦詩判若兩人手筆。現見

〔註28〕趙爾巽《清史稿・朱彝尊傳》浙江古籍出版社1998，頁1531。

於《曝書亭集》中的詩集序文部分集中表達了朱彝尊的詩學觀點，而這些序文又多是作於舉鴻博之後，就《高舍人詩序》來看：「詩之爲教，其義風賦比興雅頌；其旨興觀群怨；其辭嘉美、規誨、戒刺；其事經夫婦，成孝敬，厚人倫，美教化，移風俗，……類皆溫柔敦厚而不愚者也。」從前慷慨卓犖的朱竹垞詩學觀也相應發生了改變，維護起正統的溫柔敦厚詩教來。

（二）文化與道統

科舉也許只能針對部分功名之心強烈的士人，這是極爲淺層次的誘惑，而給予漢族士人更廣泛、同時也更爲深刻影響的，是清廷表現出來的對漢族文化、對儒家道統的尊敬。對於士人而言，最強烈、最重要的責任就是存道統，「以人存道，而道不可亡。」〔註 29〕士人根據「道」來進行政治批判，比帝王以「力」來掌控天下更高貴、更勇敢。士人明道救世，即世間而超世間，當世間和超世間發生衝突時，「帝王的懲罰反而成爲知識人的光榮；懲罰愈重，光榮也愈大。」〔註 30〕這種責任感與榮譽感賦予了遺民非常強大的力量，使他們頑強叛離於朝廷統治之外，統治者的殺戮和懲罰反而激發了遺民更大的勇氣，蓋因儒家之使命就是以「道」對抗君王之「勢」。孟子早已指出：「古之賢王好善而忘勢，古之賢士何獨不然？樂其道而忘人之勢，故王公不致敬盡禮，則不得亟見之。見且由不得亟，而況得而臣之乎？」（《孟子・盡心上》）爲了實現道統理想，中國士人歷來有動心忍性、養浩然之氣抵抗權勢的傳統。統治者暴力征服勢必失敗，備盡禮遇方能得賢士相助，這就是爲什麼滿洲貴族依靠金戈鐵馬的武裝征服中原，建立大清帝國，勢如破竹立時可得，但是重建社會秩序、價值體系卻花去了相當長時間的原因。滿清遭遇的抵抗力量正源於遺民、乃至全體漢族知識分子內心，他們誓死捍

〔註 29〕王夫之：《讀通鑒論》第五冊，中華書局 1975 年版，頁 1127～1130。
〔註 30〕余英時：《中國知識人之史的考察》，見《20 世紀中國知識分子史論》，頁 24。

衛漢族傳統文化和儒家道統，使朝廷「剃髮易服」那樣簡單粗暴的政策，只可以征服士人肉體，卻無法征服他們內心。

康熙帝親政後，對道統、對儒家文化和華夏文明都表現出了極大的尊敬和籠絡的熱情，朝廷審時度勢，對遺民施以恩遇，開博學鴻儒科以網絡人才。明遺民以漢文化傳人自居，而遺民與國家價值系統的重建意義重大，因此清廷意在附和遺民，尊崇程朱理學，重建道統，繼承漢族傳統文化並發揚光大，這一切正是康熙博學鴻儒科想要向遺民傳達的信息。

博學鴻儒科充分表現了朝廷崇儒重道的誠意。從征召的全過程來看，對漢族士人處處尊重，悉心籠絡。最重要的是，該科自始至終都貫徹了康熙帝以漢民族傳統文化繼承者自任的姿態。首先，特科以詩賦取士，試題爲《璇璣玉衡賦》一篇、《省耕詩》五言排律二十韻一首，這就表現了對詩、賦這些漢民族優秀文化成果的尊敬，應試者心理上更易於接受，寫來往往得心應手，如崔如岳的作品：

聖主重民事，農官占歲祥。蒼龍舒異瑞，朱鳥煥春陽。
南畝青旗燦，東方紫氣昌。民間舒疾苦，天上沛恩光。
雨露沾人普，乾坤福物長。旋生歡忭色，頓覺耔耘忙。
耕九無他慮，餘三有積倉。閭閻聞舞蹈，俯仰頌虞唐。
百二邦畿重，十千編户強。紺轅輸玉粒，黛耜壯金湯。
督稼資軍實，省耕籌歲荒。鳥含佳種至，雲拂野花香。
秀草隨時發，嘉禾與日芳。四郊歌干止，九土荷安康。
草野勤劬篤，仁君愛育彰。蠲租欣曠典，履畝賦新章。
慶集丹霞迴，風和玉輦翔。千官羅淑景，多士詠思皇。
秉耒田家子，橫經稽古郎。爲傳天子意，抒悃矢賡揚。

〔註31〕

同時，這些詩賦又要求應試者表達頌聖之意，從這裏開始，一些漢族士人開始了爲朝廷歌詠昇平、爲君王鼓吹休明的創作生涯。

〔註31〕徐世昌：《晚晴簃詩彙》卷四十二，民國十八年天津徐氏退耕堂刻本（1929）。

其次，入選的鴻儒俱入明史館，爲前朝修史，這一舉措意義更大。士夫以保存國史爲重，王夫之認爲，「士生禮崩樂圮之世，而處僻遠之鄉，珍重遺文以須求舊之代，不於其身，必於其徒，非有爽也。」〔註 32〕深厚的史學情結，使得史事成爲士夫的共同事業。張爾岐說：「崇禎皇帝大行之年，予始焚棄時文不復讀，思一其力於經與史。」〔註 33〕著名遺民如顧炎武、黃宗羲雖仍拒絕入史局，但俱有子弟代爲入館。黃宗羲親送萬斯同參明史局，並賦詩曰：「四方聲價歸明水，一代賢奸託布衣」（《送萬季野北上》），對之期望殷切。除了修史之外，康熙辛酉增設經筵日講，對儒家正統理學報以巨大的熱情，這使鴻儒們喜出望外，正如湯斌所云：「講官所職者大，君心正而天下治，如天之樞紐轉運眾星而人不之見，講官又是默令樞紐能轉運底。」〔註 34〕湯斌還賦詩對遭逢聖主表達驚喜和感激之情，「典學千秋際聖主，微臣何以稱遭逢」，繼而表白其雄心曰：「……經陳謨典天心正，學闡勛華帝道昌，敢向盛朝稱管晏，何須文藻繼班楊。恩深覆載安能報，誦讀衡茅志未忘。」〔註 35〕漢族士人決心以儒家的道統去影響少數民族的君王，以實現帝王之統和儒者之統的完美契合。

即使對拒不配合的遺民，朝廷也極力招攬。遺民中如黃宗羲、孫奇逢、李顒者，均爲名滿天下的名儒碩彥，他們的部分影響力，往往正出於清政府的製作。黃宗羲得意於「詔鈔著述」，臨終不忘〔註 36〕；李顒與試博學鴻儒而終於告退，康熙親題匾額並索著述。雖然李氏未有文字親身記錄感激之情，但這種官方表彰行爲以教化百姓無疑是得到了他的默許的。當道的榮寵使漢族士人相信，儒者之統重振有望。

〔註 32〕王夫之：《宋論》卷二，清道光二十七年聽雨軒刻本。

〔註 33〕《〈日記〉又序》，《蒿庵集》卷二，張爾岐《蒿庵集・蒿庵集捃逸・蒿庵閒話》，齊魯書社 1991 年版，頁 74。

〔註 34〕楊椿：《湯子遺書》卷首，《年譜定本》，康熙二十一年 51 歲條。

〔註 35〕湯斌：《湯子遺書》卷十，《辛酉二月初侍講筵紀事二首》，臺灣商務印書館 1986 年版。

〔註 36〕黃炳垕編：《黃梨洲先生年譜》卷下，同治十二年刻本。

就士人而言，最神聖的使命在於傳承儒家道統，如果生遇明君，則「天下以道而治，道以天子而明」；如果帝王之統不行於天下，則儒者之統與帝王之統分裂，士人獨自承擔起繼承和振興道統的責任。康熙帝以有道明君親政，博學鴻儒科表現了他振興道統的誠意，士人內心的牴觸情緒大爲減輕。詩歌創作方面，表現爲早期慷慨蒼涼的詩風漸漸淡去。

博學鴻儒科徵召的目的看起來是朝廷人才的需要、修史的需要，其實更是政治的需要、統治的需要。遺民高度的凝聚性和向心力迫使朝廷審時度勢，利用特科分化、軟化遺民，使士人甘心臣服於朝廷統治。因此陳去病論宋遺民「爲遺民也易」，而明遺民「爲遺民也難」時說：「意親之師，又務袪積垢，隆師重道，廣徵山林隱逸，起用臣靡，予之寵秩，累開賢良方正、博學宏詞諸科，以利祿爲餌，凡其一人有一節之長，一材可取，罔不多方羅致，以爲所用。……烏乎，不其悲哉！故其爲遺民也難。」〔註37〕就拿江南來說，當年的奏銷案几乎使整個地區的士人心灰意冷，怨聲載道。康熙十八年，朝廷徵召博學鴻儒，有大量罹奏銷案的名士被薦、與試，很多進入翰林院，比如范必英，與試並獲二等十二名，用檢討；彭孫遹，以一等一名入翰林，用編修；秦松齡一等八名，用檢討；汪琬，一等十九名，用編修；宋實穎，舉鴻博而罷歸，官揚州學博；計東，未應而前卒；田茂遇，試而未第等。前文所述之之王昊乃是明代王世貞的後人，以名家子而罹此難，康熙十八年徵召鴻博，王昊被薦而不肯應試，終以年老授職而歸。而當年「探花不値一文錢」的葉方靄，博學鴻儒科中被提拔爲考試官。這番恩遇，使士人很難再堅持對朝廷的仇視與對抗，這就符合了朝廷安撫政策的需要。梁啓超在《中國近三百年學術史》中就曾分析道，博學鴻儒科正是清政府的「懷柔政策」體現，梁啓超認爲，清初朝廷的懷柔政策共有三著，一爲「康熙十二年之薦舉山林隱逸」，

〔註37〕謝正光、范金民編：《明遺民錄彙輯》附錄，陳去病《明遺民錄》自序，南京大學出版社1995年版。

二爲「康熙十七年之舉薦博學鴻儒」，三爲「康熙十八年之開《明史館》」〔註 38〕。這三著的中心環節，正在於這一博學鴻儒科，「政治上增添其向心力，更於文化上增添其調協力。」〔註 39〕該科考試對於全國文化的調協力，可於詩歌創作的轉變見其一端。

二、對詩歌創作的影響

（一）遺民詩人

博學鴻儒科被薦人數約 200 人，這網羅了當時大部分著名的漢族士人。次年開科，143 人應試，此外還有拒不應舉者十四人：顧炎武、王揆、徐夜、聞性道、萬斯同、王曾武、李清、仲治、胡周鼎、馮京、崔華、費密、周容、錢肅潤；特授內閣中書年老者七人：丘鍾仁、王方轂、申維翰、王嗣槐、丘漢儀、王昊、孫枝蔚；特授內閣中書臨試告病者二人：傅山、杜越；患病行催不到者十四人：應撝謙、張新標、范鄗鼎、王追騏、嵇宗孟、蔡方炳、陸舜、李顒、黃宗羲、張九徵、魏禧、顧景星、顧豹文、章貞；到京稱疾不與試者二人：紀炅、王弘撰〔註 40〕。

這些堅拒不與試的多爲著名遺民，他們的年老或患病而堅不與試表現了遺民的氣節，如顧炎武在燕中聽聞鴻博之薦，作《寄次耕時被薦在燕中》表達了誓死之心：

昨接尺素書，言近在吳興。洗耳苕水濱，叩舷歌採菱。
何圖志不遂，策蹇還就徵。辛苦路三千，裹糧復羸縢。
夜馳燕市月，曉踏蘆溝水。京雒多文人，一貫同淄澠。
分題賦淫麗，角句爭飛騰。關西有二士，立志粗可稱。
雖赴翹車招，猶知畏友朋。倘及雨露濡，相將上諸陵。
定有南冠思，悲哉不可勝。轉盼復秋風，當隨張季鷹。
歸詠白華詩，膳羞與晨增。嗟我性難馴，窮老彌剛棱。

〔註 38〕梁啓超：《中國近三百年學術史》，三聯書店 2005 年版，頁 141。
〔註 39〕錢穆：《國史新論》，北京，三聯書店 2001 年版，頁 293。
〔註 40〕資料均整理自秦瀛《己未詞科錄》。

孤迹似鴻冥，心尚防弋矰。或有金馬客，問余可共登？
為言顧彥先，惟辦刀與繩。

以死抗拒的還有黃宗羲、李顒等。史載李顒被薦後，以病辭之，「得旨：『俟病愈，敦促入京』。自是大吏歲歲來問起居，先生遂稱廢疾，長臥不起。戊午，部臣以海內眞儒薦，有旨召對。時詞科薦章遍海內，先生獨被昌明絕學之旨，中朝必欲致之。大吏趣行益急，先生固稱疾篤，舁其床至，得省大吏親至榻前慫恿。先生絕粒六日，至欲拔佩刀自刺。」〔註41〕另有錢光繡（1614～1678），自殺於鴻博開科之康熙十七年，全祖望記其事迹云：

先生於出處之際最嚴。沈宮坊延嘉被薦，先生貽之書曰：「聞之梵語，修羅每膳必嘗千種兼珍，末後一口化為青泥。玉堂清夢，非復昔日兼珍；青泥滋味，恐所不免。吾兄其慎之」！宮坊故不肯出山，得先生書，謝為益友。葛學士世振被薦得辭，先生踵門以詩賀之。招撫嚴我公招先生。時忠介家方被籍，先生欲紓錢氏家難，往見之。及欲授以贊畫，固辭得免。又有薦修玉牒者，亦拒之。幾社雲間宋徵輿、故人也，以中書舍人隨大將軍宜爾德幕，欲與先生一見，託疾不往。……感懷家國，漸以憔悴，遂成心疾，竟以憤懣失意自裁。〔註42〕

雖無明確資料記載錢光繡自殺是因鴻博之征所迫，但他一生嚴於出處，眼看得康熙年間遺民紛紛動搖出仕，心憂如焚，有詩「昔日夷齊以餓死，今日夷齊以飽死。只有吾鄉夷齊猶昔日，何怪枵腹死今日」諷之，可見對徵辟的決絕態度〔註43〕。

其餘著名遺民如傅山、杜越、孫枝蔚等，雖不與試，也被賜予中書。經過博學鴻儒科之後，同道或死、或被分化，只剩下顧炎武等尚堅持遺民立場，但是不免感到吾道已孤，內心淒涼。此時距離明朝亡

〔註41〕李元度：《清先正事略選》卷三，清同治刻本。
〔註42〕全祖望：《結埼亭集外編》卷十一行狀，清嘉慶十六年刻本。
〔註43〕《結埼亭集外編》卷十一，《錢蟄庵徵君述》。

國、滿清定鼎已過去了三十餘年，明朝國祚既亡，復國無望，更何況己未詞科後不久三藩平定，臺灣鄭經死，子鄭克塽降，眼看大勢已去，而清廷將懷柔同化的政策一以貫之，正如孟森所說：「清於死者以忠烈褒之，生者則以禮遇籠絡之。右文稽古歆動於其前，八旗兵力收拾於其後。滇、黔既平，臺灣復下，從此漢族帖然，整旅向外，蒙、藏相繼盡入版圖，不得謂非聖祖之廟謨獨運也。」〔註 44〕遺民壯志不再，變雄心，爲蒼涼。顧炎武潔身事外，與亡母囑託有關。顧炎武嗣父早卒，其嗣母王氏未婚而寡，獨自撫育顧炎武，後王氏在清兵破常熟時絕食死，遺言：「汝無爲異國臣子，無負世世國恩，無忘先祖遺訓，則吾可以瞑於地下。」〔註 45〕顧炎武不負其母所託，在清初爲復明事業前後奔走，滿腔忠憤不能自已：「萬事有不平，爾何空自苦，長將一寸身，銜木到終古。我願平東海，身沉心不改，大海無平期，我心無絕時。」可是漸次以來，顧氏之同志伴侶紛紛雕零，他曾慟哭爲清廷殘害的友人吳炎、潘檉章云：「露下空林百草殘，臨風有慟奠椒蘭。韭溪血化幽泉碧，蒿里魂歸白日寒。一代文章亡左馬，千秋仁義在吳潘。巫招虞殯俱零落，欲訪遺書遠道難。」（《汾州祭吳炎潘檉章二節士》）詩中流露出的英雄失誌之悲，使人唏噓感慨。

潘檉章是顧氏「驚隱詩社」同盟，罹「明史案」被戮，遺腹子夭折，妻子仰藥自殺，可是他的弟弟潘耒卻抵抗不住各方壓力而出試鴻博，顧炎武感到了深深的悲哀：「嗚呼！君不見，西山銜木眾鳥多，鵲來燕去自成窠」〔註 46〕，「翡翠年深伴侶稀，清霜憔悴減毛衣。自從一上南枝宿，更不回身向北飛！」（《路舍人客居太湖東山三十年，寄此代柬》）雖然對潘耒的降志俯首感到失望，但顧炎武深知時代的不可逆轉，只得勉力告誡潘耒：「自今以往，當思中材而涉末流之戒，處鈍守拙。……若夫不登權門，不涉利路，是又不待老夫之

〔註 44〕孟森：《明清史論著集刊》頁 508。

〔註 45〕顧炎武：《亭林餘集・先妣王碩人行狀》，四部叢刊影誦芬樓本。

〔註 46〕《精衛》，《亭林詩文集》詩集卷之一。

灌灌也。」〔註 47〕而對於紛紛出應鴻博的故人，亭林似乎已無責怪之意。約在康熙十八、十九年間，其致書李因篤，向與試之征士道出相知相念之情：「同榜之中相識幾半，其知契者，愚山、荊峴、鈍庵、竹垞、志伊、阮懷、蓀友。以目病不能多作字，旅次又無人代筆，祈爲道念。」〔註 48〕出與處、友情與背叛、故國與新朝、甚至生與死的紛紜變化，使個人的信念堅持變得如此微妙而複雜。

終亭林一生堅守著「人人可出而炎武必不可出」之原則〔註 49〕，這一點從未改變。而潘耒出仕、外甥徐氏兄弟出仕、侄子洪善於康熙十五年（1676）中清朝進士，甚至晚年所立嗣子衍生，遵父命師事李既足，亦有學習制藝之學〔註 50〕，顧炎武似乎已無法深責他人，唯有潔身自好，這之後隱於草野著書立說。1680 年，夫人死於昆山，亭林在妻子的靈位前痛哭遙祭，作詩說「貞姑馬鬣在江村，送汝黃泉六歲孫。地下相逢告父姥，遺民猶有一人存。」康熙二十一年（1682）顧炎武逝世，是否眞的意味著最後一個遺民消亡？言語或有過激，但大勢已去、人心已死卻是事實。

朝廷在博學鴻儒科試中給予了遺民極大的尊重和榮寵，之後，遺民多少對朝廷的態度有所鬆動，比如黃宗羲。黃宗羲與顧炎武曾經並稱遺民領袖，但其《南雷文約・謝時符先生墓誌銘》稱：「故遺民者，天地之元氣也。然士各有分，朝不坐，宴不與，士之分亦止於不仕而已。所稱宋遺民如王炎午者，嘗上書速文丞相之死，而己亦未嘗廢當世之務。是故種瓜賣卜，呼天搶地，縱酒祈死，穴垣通飲饌者，皆過而失中者也。」〔註 51〕對待出處的態度已很寬容，他

〔註 47〕《亭林詩文集》文集卷之四，《與次耕書》。
〔註 48〕《答李子德書》，同上。
〔註 49〕《與葉訒庵書》，《亭林文集》卷三。
〔註 50〕顧洪善事，見王蘧常輯注、吳丕績標校：《顧亭林詩彙注》，頁 1098；衍生從李既足讀書事，見同書 1160 頁，上海古籍出版社 1983 年版。
〔註 51〕《文約》卷二，杭州，浙江古籍出版社《黃宗羲全集》第十冊，頁 410。

雖始終不事二姓，可是《南雷文約》、《文定》中可考見他對清的承認。其一生寫過 108 篇墓誌和行狀，康熙十八年後，冠以清朝的年號，有些文章中還稱「國朝」，文中亦有贊頌康熙之語。雖然力辭朝廷博學鴻儒之征，亦辭《明史》之征，然「史局大案必咨之」，並遣其子黃百家入史局，言辭中對新朝頗有感激之情：「宗羲蒙聖天子特旨，詔入史館。庶人之義，召之役，則往役。筆墨之事，亦役也；宗羲時以老病，堅辭不行，聖天子憐而許之」〔註 52〕云云，口稱「聖天子」，可見雖然其遺民身份不變，但其實態度已有了很大轉變。

另有拒不與試的大儒李顒放歸後，「荊扉反鎖，不復與人接；惟顧寧人至，則款之。」居家活動已極謹慎。待到康熙西巡，將召見，命陝督傳旨，辭以廢疾不至，卻又遣子慎言詣行在，進所著《四書反身錄》、《二曲集》，得御書「關中大儒」四字以寵之〔註 53〕。

面對皇帝的恩遇，士人是難免不感動而軟化的。嚴繩孫當初被薦之時，即「貽書京師諸公曰：『聞薦舉濫及賤名，某雖愚，自幼不希無妄之福。今行老矣，無論試而見黜，爲不知者所姍笑；即不爾，去就當何從哉？竊謂堯舜在上，而欲全草澤之身，以沒餘齒，寧有不得？惟卒加保護爲幸！』」言辭懇切，欲全此草澤之身，後再三再四稱病，不允而入試。當日「君賦省耕詩一首而出。上素稔君姓字，語閣臣曰：『史局不可無此人』。」〔註 54〕選入翰林，授檢討，康熙二十年（1681），升爲日講起居注官，這一殊遇使他有親近皇上的機會，態度漸漸發生了轉變。辛酉年主山西鄉試中，嚴氏對考選工作極爲認眞，努力多爲朝廷選拔人才，被擢中允。康熙二十三年（1684）歸里，作《南鄉子》詞表達了他對皇帝的感激之情，詞曰：「烟月滿漁村，一道飛書下九閽。聖主臨軒初試日，逡巡。白髮青衫拜至尊。

〔註 52〕《與李郡侯辭鄉飲酒大賓書》，《南雷文定》三集卷一，清康熙刻本。
〔註 53〕李元度：《清先正事略選》卷三，臺北大通書局 1984 年版。
〔註 54〕秦松齡：《蒼峴山人文集・嚴中允傳》，《清代詩文集彙編》147 冊，上海古籍出版社 2010 年版，頁 693。

隱矣又焉聞，歸去空留土木身。何意片詞親檢自楓宸。九死從今總負恩。」〔註 55〕

嚴繩孫入清即棄舉業，優遊山水，欲以布衣身份終了此生，但鴻博之選，榮耀無極，回首前塵，頓生不勝今昔之感。其詩《始興道中》云：

曲江江勢舊迴腸，況復秋心對夕陽。
林氣帶霜猶隱郭，水痕侵岸欲平檣。
紅蘭解作依人笑，紫桂重飄故國香。
差幸此邦還有歲，未勞陰雨念南荒。
紅梅關北葉初飛，九月炎方未授衣。
只堠晴江無女浣，荒村獨樹有神依。
南來郡邑明朝盡，北首風波往事非。
誰向當時問金鏡，中原盡日走珠璣。

對故國只剩下淡淡的感慨，「誰向」句當做追問意解讀可，當做置之不辨意亦可。

藕漁歸鄉後，更偏愛寫淡得不著痕迹、烟雨迷蒙的詩詞，如《渡江》：

京江春樹隔芊眠，咫尺神靈意惘然。
青壁近迷山寺雨，綠蓑遙入海人烟。
江魚水闊難通市，石燕風多不避船。
我欲然犀照幽隱，夢魂猶自怯潺湲。

朱彝尊云：「余特愛其古文辭，淡然而平，盎然而和，雍容纖裕而不迫，庶幾可入古人之域。」〔註 56〕王士禛稱其詩有「沖融恬易，鮮矯激之音。」〔註 57〕這跟王士禛的「神韻詩」已經非常相似，這樣的詩風象徵了漢族士人已經漸漸安定平和下來的心態。

康熙十八年博學鴻儒科開科後，詩壇的大致情況如下：

〔註 55〕嚴繩孫：《秋水集》卷十詞下，清康熙雨青草堂刻本。
〔註 56〕朱彝尊：《曝書亭集》卷三十七，《秋水集序》。
〔註 57〕袁行雲：《清人詩集敘錄》，文化藝術出版社 1994 年版，頁 223。

清初三大家錢謙益、吳偉業、龔鼎孳悉數辭世；重要遺民詩人如傅山，得朝廷特授中書舍人，鄉居不出；黃宗羲，遣子入史局；杜濬，僑寓江寧四十年，與龔鼎孳往還賑濟，龔有詩「漸喜白頭經世故，錯將青眼料他人」嘲之〔註 58〕；錢秉鐙，南明政權敗後，順治八年（1651）即歸里隱居，晚年詩《金陵即事》云「十一年來識者稀」、「寒雲黯淡是鍾陵」、「誰聽秦淮舊竹枝」〔註 59〕，不勝傷感，壯志銷歇；吳嘉紀，一生寒士，窮處於鄉隅，王士禛任職揚州時招其「與四方之士交遊唱和，漸失本色……其詩亦漸落，不終其爲魏野、楊樸」〔註 60〕；屈大均，康熙十五年（1676）結束漂泊，隱居粵中不出達二十年；陳恭尹，康熙十七年（1678）秋入獄後，銳氣漸消，五十歲時作《聽劍圖自贊》:「五十年前，非不可追；五十年後，是未可知。以昔之圖，較於今茲：其中懷之耿耿者猶是，而兩鬢之蒼蒼者漸非」〔註 61〕，道出了博學鴻儒科對漢族士人的整飭之功。

（二）神韻詩

與遺民詩人的偃旗息鼓相對的，則是以王士禛爲代表的眞正意義上的國朝詩人的崛起。王士禛生於明而長於清，對故國沒有更多的記憶，在新朝更是科舉順利、仕途暢達。早期年輕的王士禛在揚州推官任上就有出色的表現，與遺民唱和甚多〔註 62〕。康熙十七年，幾乎與特科同時，康熙帝給王士禛以「異寵」，特旨由部曹改詞臣。據載，該年（1678）正月二十二日，康熙帝召阮亭賦詩。二十三日，即開博

〔註 58〕龔鼎孳：《於皇四十詩和園次韻》其二，《定山堂詩集》卷二十，清康熙十五年吳興祚刻本。

〔註 59〕錢秉鐙：《田間詩文集》詩集卷三，清康熙刻本。

〔註 60〕王士禛《分甘餘話》卷四，文淵閣四庫全書本。

〔註 61〕陳恭尹《獨漉堂詩文集》文集續編《奏疏》，清道光五年陳量平刻本。

〔註 62〕對於王士禛揚州五年的重要性，論者皆給以高度重視，如山東師範大學裴世俊教授的《王士禛五載揚州的文學活動與成績》（《齊魯學刊》2002 年第二期）；嚴迪昌《清詩史》等。

學鴻儒科，並於是日特旨：「王士禛詩文兼優，著以翰林官用。」這是巧合還是有意安排，史無記載。不久後的康熙十九年，王士禛升任國子監祭酒，正式執詩壇牛耳。天時、地利、人和的歷史性機緣，使「神韻」大纛終於招展詩壇。

王士禛的成功在於歷史前進到這兒，一味的慷慨悲涼已經不合時宜。康熙親政以後國家呈現的政治、經濟、文化的復興安撫了遺民的亡國之痛。經歷了三十餘年的歲月，傷痛已經漸漸淡化，任何一個人都不可能永遠沉浸在痛苦中，做聲嘶力竭的呼喊。最重要的是，清廷迎合了漢族士人的心理，對漢族傳統文化表現出了極大的尊敬。而王士禛，正因爲其創作的一系列山川風物之詩中體現的詩之純美，暗暗地撫平了遺民的創傷，使人領悟到其中表現的漢民族頑強的生命力。他的詩，是一種「對漢民族文化更有自信心的表現」，維護了漢族文人的自尊心，寄寓著對「漢民族悠久歷史文化傳統的崇敬和自信」〔註63〕。易代之際，驚痛於夷夏之變、天下將亡的漢族士人，自尊心脆弱而敏感，王士禛的詩使他們重新看到了漢族文化鮮活的生命力，又鼓舞起了對國家、對民族的信心和參與建設的熱情。而這種情意委婉、意在言外的表達方式也符合遺民吞吐不盡的內心，使他們得到了慰藉。此外對於朝廷而言，以往遺民的詩歌創作與集會充滿了對抗與威脅的意味，而漁洋之詩卻不同，他執著描寫山川風物、傳情達意溫潤委婉，完全不對朝廷統治造成危害。相反，王士禛之詩，溫而能麗，嫻雅多則，沖融懿美，是「盛世清明廣大之音」。就這樣，神韻詩之描寫清麗蘊藉、感情溫柔敦厚又含蓄不盡，得到了統治者和詩人的一致認同，朝廷與遺民在對漢族傳統詩文化的繼承問題上，在王士禛的詩歌這裏實現了奇妙、完美、和諧的統一。從總體上看，清初詩人的詩風都經歷了一個相似的轉變期，這種轉變既是時代促成的，又是詩人們共同自覺地完成的，即「這些詩人的詩歌創作逐漸從反映現實轉

〔註63〕吾師嚴明：《清詩特色形成的關鍵》，《蘇州大學學報》1998年第2期。

移到點綴昇平，從重視內容傾向於追求形式，格調也從慷慨激烈變爲溫柔和平。」〔註 64〕王士禛即爲這一時期具有轉移詩風力量的代表人物之一。

康熙十七年起，全國各地來的應試者陸續抵京，聚集在翰林官王士禛的周圍，往來唱和。王士禛性格寬容平和，待人謙沖有禮，徵士中無論對朝廷懷抱合作或抵抗的態度，均能與其建立友好的情誼。著名遺民王弘撰入京後寓昊天寺，王公大人罕覿其面，王士禛致書邀請，辭病不赴，王士禛遂與施閏章和門人陳僖親訪之，觀其所攜名迹並賦詩而歸。陳維崧爲清初著名詞人，成名較王士禛早，但此番入都應試，年輩反而在王士禛之後，自己之出反賴王士禛之提攜，對漁洋這位「肆志風雅者」充滿了感激和折服。其他的年輕後進更是紛紛投到漁洋門下，邵長蘅作詩「每出一篇，必經阮亭先生點定。」〔註 65〕眾多赴鴻博之舉的文人雅士雲集京城，無異於一次大型的文學盛會。鴻儒幾乎人人能詩，其中又有大量工詩者，如彭孫遹、倪燦、汪霦、李因篤、王頊齡、陳維崧、秦松齡、徐嘉炎、錢中諧、汪楫、朱彝尊、汪琬、丘象隨、李來泰、潘耒、施閏章、米漢雯、方象瑛、周清原、陸棻、尤侗、徐釚、黃與堅、李澄中、錢金甫、曹禾、高詠、龍燮、毛昇芳、嚴繩孫等。士人們往來酬酢、聲氣相通、流連山水、吟詩作對，留下了一樁樁風流趣聞，也留下了大量爲人津津樂道的優秀詩篇。這時期的詩歌，內容不外乎彼此的欣賞仰慕、對聖朝的歌頌昇平、出行所見山水之勝、對故鄉的思念之情等等。自康熙十七年各應舉者陸續到京便有小規模的彼此拜訪應答，康熙十八年正月元旦，眾應試者集曹禾宅賦詩。吳雯《蓮洋集》卷七有《己未元日同豹人大可舟次錫鬯其年子靜集峨嵋舍人齋拈青咸韻》、陳維崧《湖海樓詩集》有卷

〔註 64〕朱則杰：《清詩史》，江蘇古籍出版社 2000 年版，頁 6。

〔註 65〕邵長蘅：《青門旅稿》卷一題識。案：邵長蘅其實並未與薦博學鴻儒科，他入京更多是爲了就這次特科盛事的機會謀求出路，所以，嚴格來講他是一名康熙己未詞科的「旁觀者」，而非蔣寅所謂的「徵士」（見氏著《王漁洋事迹徵略》，人民文學出版社 2001 年版，頁 243）。

六《己未元日同孫豹人毛大可朱錫鬯吳天章喬石林陳冰壑飲曹峨嵋寓齋限賦青咸二韻》等；二月四日，雪後，李因篤、潘耒、梅庚、董俞、邵長蘅又宴集王士禛宅，用陶淵明詩「積素廣庭閒」爲韻賦詩。李因篤、邵長蘅、潘耒等均有和作。一時之間，士人嚮往的傳統名士那種高雅的風度、歌酒的酬應、縱逸的冶遊等生活形態再度被喚回，使人沉醉而不覺。

鴻博之開，給天下詩人一次集中交流的機會，行動皆有詩，但此時再也無法組織起像前期復社那樣大規模的政治性社團，也不會有數量眾多的帶有濃厚政治色彩的文人集會，取而代之的是普遍的詩酒之會。康熙十七年，有感於這一現狀，顧炎武曾作詩感慨道：「京洛多文人，一貫同淄澠。分題賦淫麗，角句爭飛騰。」(《亭林詩集》卷五《寄次耕時被薦在燕中》）這時文人集會和創作的環境是「於江清月白，群籟俱靜時，哀弦細管，按拍成聲，或疾或徐，哀樂涕笑各極，聽之者不自知其所以然。」〔註 66〕這樣和平優雅的京城不似草野，一派昇平的景象沒有追憶前朝的語境，因此前期詩歌創作中的風雲氣漸次淡去。

到了康熙二十一年（1682），三藩平定，聖祖康熙帶領群臣作「柏梁體」詩，此舉無疑對天下詩風所向起到了至關重要的指導作用。康熙本人深悉漢族文化，創作了大量詩歌，《四庫全書總目》記載有一百七十六卷，其《昇平嘉宴同群臣賦詩用柏梁體》自序：「朕於宣政聽覽之餘，講貫經義，歷觀史冊。於《書》見『元首股肱，賡揚喜起』之盛，於《詩》見《鹿鳴》、《天保》諸篇，未嘗不慕古之君臣一德一心，相悅若斯之隆也。……」皇帝帶頭作詩，附和詩經中褒揚的君臣一心之德，這等風雅大典，古來僅有，眾家筆記多有記載，毛奇齡《西河合集・詩話》卷五：「康熙壬戌元夕前一日，上饗群臣於乾清宮，作《昇平嘉宴詩》，人各一句七字同韻，仿柏梁體制。上首唱曰：『麗

〔註 66〕施閏章：《學餘堂集》文集卷四《西江遊草序》，文淵閣四庫全書本。

日和風被萬方』，以次及滿大學士勒德洪、明珠，皆拜辭不能。上連代二句曰：『卿雲爛漫彌紫閶，一堂喜起歌明良。』且戲曰：『二卿當各醑一觴，以酬朕勞。』二臣果捧觴叩首謝。君臣相悅，千古僅有。次日頒序。予小臣無賜本，謹竊錄於此。」這樣的風雅盛況被後代君王仰慕，乾嘉間每於初春曲宴，命題聯句，即始於此時。

當日唱和者包括大學士李霨、馮溥，吏部尚書黃機，戶部尚書梁清標，禮部尚書吳正治等各部尚書和侍郎，內閣學士李光地、張玉書，翰林院掌院學士陳廷敬，學士張英，及御史、巡撫、光祿寺、順天府、太僕寺各部門要員，國子監祭酒王士禛，以及通過科舉考試進入上層官僚系統的士人們，如歸允肅乃康熙十八年（1679）己未科狀元；王鴻緒，康熙十二年進士，授翰林院編修；董訥，康熙六年一甲三名進士等，及鴻博考試後晉升翰林院的眾鴻儒們：翰林院編修王頊齡、曹禾，檢討潘耒、嚴繩孫，編修勵杜訥和侍講高士奇等。這一干文武大臣和奇才碩彥雲集，寫下昇平之歌，這一盛舉對詩壇產生了重大影響。

在這一年，資深遺民更是所剩無幾。方文卒十三年，林古度卒十六年，邢昉卒二十九年，萬壽祺已卒三十年，悲涼慷慨的遺民詩從此大多存在於故舊詩集中，詩壇風會發生了顯著的變化，當時鴻儒詩人的詩風所得到的評價大多是「和平之音」。如王頊齡：「……頊齡值文治昌明之日，奏太平黼黻之音，故一時臺閣文章，迥異乎郊寒島瘦，即蚤年未達，詩亦無衰颯哀怨之意，足以見其襟抱矣。」〔註 67〕

湯斌：「集中詩賦雜文亦皆彬彬典雅，無村塾鄙俚之氣。」〔註 68〕

龐塏，其詩平正沖淡，不求文飾，朱彝尊謂其善古今詩曰：「誦其詩，雅而醇，奇而不肆，合乎唐開元天寶之風格，北地之言詩者未能或之先也。」〔註 69〕

錢金甫：「其爲詩纏綿悱惻，不失溫柔敦厚之遺，其爲文條達無

〔註 67〕節錄四庫書目世恩堂集提要，見秦瀛：《己未詞科錄》卷二。

〔註 68〕見《己未詞科錄》卷二。

〔註 69〕朱彝尊：《曝書亭集》卷三十七，《叢碧山房詩序》。

規仿凌駕之迹。」〔註 70〕

嚴繩孫：「淡然而平，盎然而和，雍容紆裕而不迫」等〔註 71〕。

正如魏禧所說：「方乙酉、丙戌以來初罹鼎革，夫人之情倀倀然若赤子之失其慈母。士君子悲歌慷慨，多牢落菀勃之氣，田野細民亦相與思慕愁歎，若不能以終日。及天下既一，四方無事，人心安於太平，而向之慷慨悲歎，遂亦鮮有聞者。」〔註 72〕

餘　論

明清之際，山河變色，關外少數民族入主中原，武力的征服尚稱順利，但要如何重建社會秩序，使漢人心甘情願地接受其統治，就無法一味推行粗暴殺戮政策。清政府善於利用科舉這一利器，而康熙十八年博學鴻儒科的徵召，更超出了「功名富貴」這一淺層次的誘惑，其中蘊有深刻的文化內涵，最終促進了漢族士人的臣服。己未詞科的開設，對清初的政治、文化、民心的轉向都起到了關鍵性的作用，通過清初統治者數十載不懈努力，恩威並施，終於使詩壇出現了朝廷所需的沖融和易、溫文爾雅的詩風。

對於己未詞科的作用，《清史紀事本末》卷二十一有尖銳的剖析：「按順治康熙間，天下思明，反側不安。聖祖一開宏博科，再設明史館，搜羅遺佚，徵辟入都，位之以一清秩，一空名，而國中帖帖然，戢戢然矣。……於是士子相率習於無用，民氣日靜，廉恥日喪矣。然其一代文物，則以兩次（康熙、乾隆）鴻博諸儒筆墨所鼓吹者最爲有力……蓋兩帝之所以文柔文敏者，得其道也，故能著有成效如此。」〔註 73〕

〔註 70〕朱彝尊：《曝書亭集》卷三十七，《錢學士詩序》。
〔註 71〕同上，《秋水集序》。
〔註 72〕魏禧：《諸子世杰三十初度序》，《魏叔子文集》卷十一。
〔註 73〕黃鴻壽編：《清史紀事本末》卷二十一，北京圖書館出版社 2003 年版，頁 167。

另一方面，該科促進了遺民詩的轉變，從而形成了眞正意義上的、以王士禛神韻詩爲典型的清代詩歌的特色，並迎來了清詩的最初繁榮，浙江詩人鄭梁對此概括道：「三四十年來，士人之沒溺於科舉者，不知何故，以詩爲厲禁，父兄師友，搖手相戒，往往名登甲乙，而不識平平仄仄爲何物。當此之時，詩學幾亡。戊午、己未之間，天子命內外臣工各舉博學之儒，進之於廷，而親試之以詩賦。其中選者爲翰林院編修、檢討，否亦優賜品服而歸。一時海內榮之，咸共歎息以爲作詩之效。於是攘臂而起，倡和紛然，幾於家李杜而戶岑王矣。」〔註 74〕

〔註 74〕鄭梁：《野吟集序》，《寒村全集・五丁集》卷一，《寒村詩文選》，中華書局據古杭姚氏鈔本校刊。

第三章　太平詞臣　詩壇盟主

康熙帝在位的六十年裏，中國在一個關外崛起、文化落後、一直在摸索中的少數民族統治下發展成爲一代盛世，文化上也呈現出發達繁榮的景象。論及詩歌在這一時期的發展和轉變，有這麼兩樁典型的事件値得提及。

一是康熙二十一年（1682）正月十四日的上元節賦詩，前已有詳細論述，康熙帝帶領股肱之臣創造了一派歌舞昇平、雲蒸霞蔚的詩壇風氣。何景明《漢魏詩集序》：「夫文之興於盛世也，上倡之。其興於衰世也，下倡之。倡於上，則尙一而道行；倡於下，合者宗，疑者沮，而卒莫之齊也。故誌之所向，勢之所至，時之所趨，變化響應，其機神哉！」〔註 1〕何景明一語道破詩歌創作的天機——盛世文風上倡之。而康熙帝的詩歌審美標準在《御選唐詩序》裏已經表達得很清楚：「孔子曰：溫柔敦厚，詩教也。是編所取，雖風格不一，而皆以溫柔敦厚爲宗。其憂思感憤、倩麗纖巧之作，雖工不錄。使覽者得宣志達情，以範於和平。蓋亦用古人以正聲感人之義。」（《聖祖仁皇帝御製文集》第四集卷二十二）皇上、朝廷崇尙溫柔敦厚詩教傳統，「尙一而道行」，則詩壇上行下效，亦以此詩風爲尙。

二是康熙五十年（1711）繼清初「莊氏明史案」之後又一大規模

〔註 1〕何景明：《大復集》卷三十四，清文淵閣四庫全書本。

文字獄——戴名世《南山集》案發。《南山集》中書寫了南明的年號，這觸動了清統治者敏感的政治神經。康熙龍顏大怒，刑部遂窮究猛治，以「大逆」定獄，提出了株連九族的懲辦意見：「據此，戴名世立即淩遲，方孝標所著《滇黔紀聞》內也有大逆等語，應銼其尸骸，二人之祖父子孫兄弟及伯叔父兄之子年十六以上者俱擬立斬，十五歲以下者及母女妻妾姊妹、子之妻妾給功臣家爲奴。方氏族人擬發往烏喇、寧古塔。汪灝、方苞爲戴名世書作序，俱應立斬。」〔註 2〕

《南山集》案牽連人數達三百人之多，是清前期較大的一樁文字獄案。而戴名世、方孝標的所有著作及書板被清查以燒毀，列爲禁書。區區一個年號，清廷借機渲染、興起大獄，正在於思想鉗制之需要，正如魯迅先生所說：「倘有有心人加以收集（指《東華錄》、《御批通鑒輯覽》、《上諭八旗》、《雍正朱批諭旨》等書），一一鉤稽，將其中的關於駕御漢人，批評文化，利用文藝之處，分別排比，輯成一書，我想，我們不但可以看見那政策的博大和惡辣，並且還能夠明白我們怎樣受異族主子的馴擾，以及遺留至今的奴性由來罷。」〔註 3〕

這完全極端的兩個例子，春溫秋肅，冷熱交替地淬煉了康熙詩壇誕生的詩人們，催生了一種「盛世」所需的詩風，正如陳維崧所描述的，文學（詩歌）與政治氣候是息息相關的，亂世有亂世的「淫哇噍殺」之聲，而現在的時代，需要的是王士禛這樣的詩人：

> 新城王阮亭先生，性情柔淡，被服典茂。其爲詩歌也，溫而能麗，嫻雅而多則。覽其義者，沖融懿美，如在成周極盛之時焉。吾聞君子欲覘世，故先審士風；故大夫作賦，公子觀樂、矇叟所掌，蓋其慎之。今值國家改玉之日，郊祀燕饗，次第舉行；飲食男女，各言其欲。識者以爲風俗

〔註 2〕《吏部題本》，轉引自《康雍乾時期城鄉人民反抗鬥爭資料》上冊。後於康熙五十二年（公元 1713 年）「法外施仁」，把戴名世淩遲改爲斬首，其家人等皆加恩寬免。

〔註 3〕魯迅：《買〈小學大全〉記》，《魯迅全集》第六冊，人民文學出版社 1981 年版，頁 53。

醇厚，旦夕可致，而一二士女尚憂家室之爲靖，憫衣食之不給焉。阮亭先生既振興詩教於上，而變風變雅之音漸以不作。讀是集也，爲我告採風者曰：勞苦諸父老，天下且太平。詩其先告我矣！〔註4〕

陳維崧序作於康熙十八年至康熙二十一年之間，其時博學鴻儒科已開，英雄入彀，王士禛時任翰林院侍讀，正成長爲一代詩壇宗主。陳維崧敏感地預知了時代的動向，故奉勸「尚憂家室」之「一二士女」，放棄變風變雅，作「溫麗嫻雅」的盛世歡歌。此時陳維崧所感知的一切，相信也是大多數士人的共同感受。

王士禛主盟詩壇，登高一呼，應者如雲，在他身後，承擔類似角色的還有沈德潛和翁方綱等。

第一節　鼓吹休明　流連風景——王士禛與神韻說

王士禛與其後繼之沈德潛、翁方綱，科舉入仕經歷不同，詩風不一，詩學觀點迥異，彼此各立派別，但他們的身份上卻有一點是一致的，即他們均在自己那個時代充當了朝廷的文學侍從與詩壇主盟，寫出與統治者要求相一致的詩歌。丁弘誨序王士禛詩云：「故大者鼓吹休明，被管絃而諧金石；小者流連風景，評花鳥而繪河山，又何怪乎其美擅諸家，而立言不朽乎！」〔註5〕這段話放在王、沈或翁其中任何一人身上都是適合的，他們的詩歌，大者鼓吹修明，小者流連風景，其使命正在於爲時代「立言」。

溫潤敦厚，可覘世運的神韻派詩，在康熙一朝已被視爲詩壇圭臬，到乾隆朝更蒙聖諭曰：「在本朝諸家中，流派較正，宜示褒，爲稽古者勸。」〔註6〕王士禛成爲清代第一個爲朝廷暗中屬意、特加擢

〔註4〕陳維崧：《迦陵文集》卷一《王阮亭詩集序》，見《王士禛全集》，齊魯書社2007年版，頁138～140。

〔註5〕見《王士禛全集》第一冊，頁510。

〔註6〕《清史稿·王士禛傳》，卷二六六，列傳五三，中華書局1977年版，

拔而成爲太平詞臣、主盟詩壇的詩人，開有清一代政治與文學相結合的先河。

王士禛（1634～1711），字子眞，一字貽上，號阮亭，別號漁洋山人。山東濟南府新城人。順治八年（1651）中舉，十二年（1655）會試中式，十五年（1658）殿試居二甲，十六年（1659）授揚州推官，在任上有出色的表現，從而在康熙十七年（1678）得到皇帝異寵，不經科舉即由部曹改翰林。此後以詩人身份居廟堂之高，四十五年穩居高位，名滿天下，門生無數，可謂榮光無匹，故《神道碑銘》譽之極致〔註7〕。

同時，王士禛倡揚的「神韻」詩，崇尚一種沖融淡泊的詩風，這種詩風貫穿了一生的創作，並在其登上詩壇主盟地位之後，登高一呼，大纛下從者如雲，溫和空靈的詩風彌滿詩壇。這一切固然跟詩人自身的藝術創作天分密不可分，但也正因符合了朝廷的文化「懷柔」政策，才使其成爲當之無愧的清廷御用詞臣，並領導詩壇爲盛世寫聲。在此擬就王士禛一生幾個重要的轉折時機作粗淺探析：

一、科舉之途

王士禛生於新城王氏，這是一個與前明淵源很深、並在明亡後出現很多著名遺民和烈士而爲人尊敬的家族。朱彝尊說：「新城王氏，科第最盛，盡節死者亦最多。」〔註8〕他因此認爲，科舉培養報國之人，科舉乃不可廢，這點就清初遺民子弟的蛻變來看，似乎並不盡然。起初，遺民會將自的道德標準強加於子弟身上，如魏學濂自因「死遲」

頁9954。

〔註7〕……公以詩古文詞，宗盟海內五十餘年。海內公卿大夫、文人學士，無遠近貴賤，識公之面、聞公之名者，莫不尊之以爲泰山北斗。凡公之所撰著，與其所論定，家有其書，户誦其說。得一言之指示，奉爲楷模；經一字之品題，推爲佳士。蓋本朝以文治天下，風雅道興，巨人接踵，而一代風氣之所主，斷乎歸公，未有能易之者也。王掞撰，見《王士禛全集》第六冊，齊魯書社2007年版，頁5111。

〔註8〕朱彝尊：《曝書亭集》卷七十二。

而蒙譏，臨終告誡其子「子孫非甲申以後生者，雖令讀書，但期精通理義，不得仕宦。」〔註 9〕然而一切都敵不過時間的力量，往往「先老消落，後生不識，慕戀之心，日遠日忘。」〔註 10〕科舉是士人奮鬥一生的事業，精通理義不過爲出仕報國，光宗耀祖，實現自身價値，一旦放棄，未免覺得人生沒有意義。《陳確集》中的許令瑜書札，說到「今日不幸處此世界，事業文章都無用處。」既棄經生舉業，「全副精神，忽而委頓」，子弟狀況堪憂，「恐其頹墮委靡，潰敗不可收拾。」〔註 11〕所以，出仕的原因十分複雜，士人的內心糾葛頗堪玩味。當初堅拒博學鴻儒科的大儒李顒，子應新朝科試，對此他解釋爲：「僕之先世俱係庶人，僕安庶人之分，因無衣頂庇身，眾侮群欺，生平受盡磨難。小兒鑒僕覆轍，勉冒衣頂，聊藉以庇身家，歲考之外，未嘗應科考以圖進取。」〔註 12〕這樣的解釋十分牽強，從中可以看出遺民的無奈，自己不出仕，但也無法阻止子弟之出。尤其是年月既久，出處之間已不再那麼嚴苛，遺民的態度就更加寬容，陸世儀曾表態：「……繼聞吾兄爲學校所迫，已出就試。此亦非大關係所在。諸生於君恩尚輕，無必不應試之理。使時勢可已則已之，不然，或父兄之命，身家之累，則亦不妨委蛇其間。……近吳中人有爲詩歌，以六年觀望笑近日應試者。予謂六年後應試，與六年前應試者，畢竟不同。蓋臣之事君，猶臣子之事其親而已。主辱臣死，固爲臣之大義，至於分誼不必死者，則不過等於執親之喪；喪以三年，而爲士者能六年不就試，是亦子貢築室於場之志矣，而必欲非笑之，刺譏之，使之更不如六年前應試之人，則甚矣。」〔註 13〕這一番說辭，委曲婉轉，看似有其道理，然而畢竟大節已虧，不過是五十步與百步之論。

遺民不世襲，身爲遺民只是一代人、甚至某個人的選擇，並且只

〔註 9〕計六奇：《明季北略》卷二十二。
〔註 10〕王夫之：《讀通鑒論》卷十三，頁 483。
〔註 11〕陳確：《陳確集》，中華書局 1979 年版，頁 71～72。
〔註 12〕李顒：《答友人》，《二曲集》卷十七，光緒三年信述堂刊本。
〔註 13〕陸世儀：《答徐次桓論應試書》，《論學酬答》卷三，小石山房叢書。

能存在於一段時間內，所以戴名世說：「自明之亡，東南舊臣多義不仕宦，而其家子弟仍習舉業取科第，多不以爲非。」〔註14〕這或許可以解釋王士禛生於一門忠烈的新城王氏，卻坦然出仕的原因所在。前朝科第給了家族榮耀，因此先輩爲前朝盡忠，而新朝同樣有科舉，一樣能給年輕一輩功名仕途，所以子弟亦赴新朝科第，這似乎是一個悖論，卻是不鮮見的事實。並且新城王氏一直對科舉有著執著的熱情，紐琇《觚剩》記載：「新城王氏自參議公而後，累世顯秩。家法甚嚴，凡遇吉凶之事，與歲時伏臘祀廟祭墓，各服其應得之服，然後行禮。子弟名入泮宮，其婦始易銀笄練裙，否則終身荊布而已。膺爵者纓紱輝華，伏牖者襜褕偃蹇，貴賤相形，慚惶交至。以是父誡其子，妻勉其夫，人人勤學以自奮於功名。故新城之文藻貽芳，衣冠接武，好爲宇內名家。」〔註15〕

新城王氏，科舉鼎盛，從三世到「祖」字輩，共計有進士二十六名，其中翰林就有四位。王士禛在《池北偶談》卷五「忠勤公諸孫」這樣驕傲地描述了一段軼事：「高祖忠勤公，一日擁諸孫膝上。時伯祖太師公象乾、方伯公象坤、光祿公象蒙，皆方七八歲。公戲問太師曰：『汝將來中第幾？』應曰：『第二。』問方伯，曰：『第一。』問光祿，亦曰：『第二。』公喜。其後，方伯中嘉靖甲子解元，光祿隆慶丁卯、太師隆慶庚午，皆第二人，如其言。其後，叔祖戶部公象斗、翰林公象節、中丞公象恒皆以戊子。先祖方伯公象晉以甲午，叔祖考功公象春以癸卯，相繼鄉薦，皆成進士。」〔註16〕

王士禛曾經在數條筆記資料或詩歌裏回憶其家族的輝煌過去，他的《述舊寄端士》寫道：

先朝世宗歲壬戌，皇帝策士金華殿。

〔註14〕戴名世：《朱銘德傳》，《戴名世集》卷七，中華書局1986年版，頁209。

〔註15〕鈕琇：《觚剩續編》卷三《事觚》，上海古籍出版社1986年版，頁210。

〔註16〕見《王士禛全集》頁2933。

婁江文肅公第一，吾家尚書同召見。
玉堂青鎖並承恩，丞相司徒皆近臣。
右軍藍田絕嫌忌，文貞文獻同情親。
君家編修吾司馬，翺翔亦共承明下。
吾家方伯君太常，宦遊日日商風雅。〔註 17〕

科舉對詩人的影響，不僅在於使之得以入仕途、得功名、享富貴，即對他們的詩歌創作，也是不可或缺的，袁枚《隨園詩話》卷四云：「詩雖貴淡雅，亦不可有鄉野氣。何也？古之應、劉、鮑、謝、李、杜、韓、蘇，皆有官職，非村野之人。蓋士君子讀破萬卷，又必須登廟堂，覽山川，結交海內名流。然後，氣局見解，自然闊大，良友琢磨，自然精進。否則，鳥啼蟲吟，沾沾自喜，雖有佳處，而邊幅故已狹矣。人有鄉黨自好之士，詩亦有鄉黨自好之詩。」〔註 18〕王士禛正是通過科舉、獲得官職，從而見解廣大，使詩的邊幅不致過於狹小，更重要的是，他的詩不再只是「鄉黨」所好，其詩通過被朝廷屬意，進而流被全國，成爲康熙朝的代表詩風。王士禛詩被朝廷接受和賞識，在於他的詩風符合了易代不久安撫人心的需要 —— 溫潤平和、淡泊寧靜，這一詩風的形成，跟王士禛個人天性氣質有關，跟他早年的生活經歷更是密不可分。將王士禛引上詩歌創作的道路、並對他一生產生重要影響的是他的兄長 —— 王士祿。王士祿習禪宗，而且從詩選中挑選出王維、孟浩然、常建、王昌齡、劉昚虛、韋應物和柳宗元的詩讓王士禛抄錄、學習〔註 19〕。王士禛對少年學詩生活這樣回憶：「予兄弟少讀書東堂，堂之外青桐三、白丁香一、竹十餘頭而已。人迹罕

〔註 17〕此詩是寄與太倉人王揆的，新城與太倉王氏淵源深厚，也是科舉鼎盛門第，尤其自明代王錫爵起，至王時敏之九子挺、揆、撰、持、抃、扶、攄、掞、抑，除二子早夭，其餘均成大器，在明、清兩代功名赫赫。

〔註 18〕科舉對文學創作的影響，歷來紛爭不斷，雖然袁枚作如是說，但更多的人集中在科舉對詩歌、文學造成的消極影響上。蔣寅《科舉陰影中的明清文學》：舉業給文學創作造成極大傷害，甚至從根本上褫奪了人們在文學上取得偉大成就的可能。

〔註 19〕《漁洋山人自撰年譜》上，見《王士禛全集》，頁 5054。

至，苔蘚被階，紙窗竹屋，燈火相映，咿唔之聲相聞，如是者蓋十年。長兄考功先生嗜爲詩，故予兄弟皆好爲詩。嘗歲末大雪，夜集堂中置酒，酒半出王、裴《輞川集》，約共和之。每一詩成，輒互賞激彈射，詩成酒盡，雨雪不止。」〔註 20〕王士禛避居讀書之時，正是明清易代、地覆天翻之際，王氏一族也在經歷著大悲大痛，族人對前朝種種忠義之舉帶來的震撼必是驚人的，但不管外面世界陵谷滄桑，王氏子弟還是躲在人迹罕至的學堂讀書，並且十年如是。他們讀的無非是儒家經典、應試文章，學習之餘聊以娛樂的，是王維的《輞川集》的舂容和煦，淡然出塵。就這樣，道義傳家的祖訓、陵谷滄桑的變遷和遠離塵俗的學習、出仕新朝的期許這反差極大、錯綜複雜的情感體驗形成了青年王士禛特殊的人格氣質。似乎就是這樣，王士禛很早就學習、并領悟到了如何將世事的複雜多變調適成爲外在風度和詩歌創作的平和淡然，不染烟火。

以王、孟爲啓蒙，開始創作溫柔空靈的詩歌，並貫穿到自己的一生，這是王士禛神韻詩的成就，而其爲人詬病也正在此。《隨園詩話》卷三云：「阮亭主修飾，不主性情。觀其到一處必有詩，詩中必用典，可以想見其喜怒哀樂之不眞矣。」「不眞」是王阮亭爲人屢次譏刺的詩病，其似眞非眞、含蓄朦朧的感情，在早期的創作中即有表現。比如濟南大明湖「秋柳詩社」上，王士禛的《秋柳四首》名動天下，和者達數百人，青年王士禛以一代傑出詩人身份被普遍接受。來看王士禛的《秋柳四首》：

秋來何處最銷魂，殘照西風白下門。
他日差池有燕影，祗今憔悴晚烟痕。
愁生陌上黃驄曲，夢遠江南烏夜村。
莫聽臨風三弄笛，玉關哀怨總難論。（其一）

娟娟涼露欲爲霜，萬縷千條拂玉塘。
浦裏青荷中婦鏡，江干黃竹女兒箱。

〔註 20〕《抱山堂詩序》，見《蠶尾續文集》卷三，見《王士禛全集》第三冊，詩文，頁 2016。

空憐板渚隋堤水，不見琅琊大道王。
若過洛陽風景地，含情重問永豐坊。(其二)

東風作絮糝春衣，太息蕭條景物非。
扶荔宮中花事盡，靈和殿裏昔人非。
相逢南雁皆愁侶，好語西烏莫夜飛。
往日風流問枚叔，梁園回首素心違。(其三)

桃根桃葉鎮相憐，眺盡平蕪欲化烟。
秋色向人猶旖旎，春閨曾與致纏綿。
新愁帝子悲今日，舊事公孫憶往年。
記否青門朱絡鼓，松枝相映夕陽邊。(其四)〔註21〕

王士禛《菜根堂詩集序》記錄詩歌的寫作背景曰：「順治丁酉秋，予客江南，時正秋賦，諸名士雲集明湖。一日，會飲水面亭，亭下楊柳十餘株，披拂水際，綽約近人，葉始微黃，乍染秋色，若有搖落之態。予悵然有感，賦詩四章，一時和者數十人。又三年，予至廣陵，則四詩流傳已久，大江南北，和者益眾。於是秋柳社詩爲藝苑口實矣。」這篇序裏仍然秉持淡然中和的寫作態度，雖有風致而無明確愛憎可教捉摸，遂令人不斷猜測，橫加坐實〔註22〕。

王士禛並沒有寫出什麼明確的感情傾向，所謂的「悵然有感」，感的是什麼？這全靠讀者去揣摩。他表達了他的讀者所期待的情緒，這種情緒人人可感，而各人更可以自行加以詮釋，於是遺民勾起了對故朝的種種眷戀傷懷，在以爲王士禛也懷有同樣情緒的前提下與之心

〔註21〕見《漁洋詩集》，《王士禛全集》第一冊，頁188。
〔註22〕李兆元《漁洋山人秋柳詩箋》謂：「此先生弔明亡之作。第一首追憶太祖開國時，後三首皆詠福王近事也。……」文甚長；而鄭鴻《漁洋山人秋柳詩箋注析解》：「第一首……五句因子孫之昏弱，不禁有感於太祖之英明。……第二首……四句蓋指宏光徵選歌舞之事。……第三首……六句蓋指鄭成功、李定國諸人也。……第四首……五句言太子一案。……」；陳衍《石遺室詩話》卷十一：「近見掞東有漁洋《秋柳詩》注一段甚詳，……『南雁』自指南中諸遺老，『西烏』指亭林在山西時，『夜飛』謂暗中煽動，『風流枚叔』、『回首違心』指牧齋。廣雅相國又言：山東巡撫署，謂明濟南王故宮，漁洋《秋柳詩》，謂故王作。」

心相印。事實上，對年輕的王士禛而言，清晰強烈的「故國之思」是不存在的，縈繞在他心頭的，不過是一種歲月滄桑的「興亡之歎」，這種綿長然而膚廓的情緒在他一生中一以貫之，看他早期《落箋堂集》的少年詩作《南皮懷古》：「朝發厤姑城，夕次南皮里。南皮昔名勝，群賢扇風美。公子騎中郎，賓客盡才士。飛蓋兼羽觴，浮瓜復沉李。前軼繁臺遊，後絕蕭梁軌。風流一銷歇，故迹空丘壘。鄴宮與漳臺，悲哉亦如此。」〔註23〕

到後來南京懷古之作《秦淮雜詩》：「十里清淮水蔚藍，板橋斜日柳毿毿。栖鴉流水空蕭瑟，不見題詩紀阿男。男有《秋柳》句云：『栖鴉流水點秋光』。」〔註24〕詩末句之紀阿男，本是遺民中一節婦，惲珠《國朝閨秀正始集》卷一載：「前明崇禎壬午，莒州城破，杜君被難，阿男與姑先匿深谷，得不死。攜六歲孤兒，茹荼三十年，以節孝著。」王士禛以「青燈白髮之嫠婦，與莫愁桃葉同列」，爲阿男之兄、著名遺民詩人紀映鍾責備曰「後世其謂之何？」〔註25〕王士禛對遺民、故國、興亡的體會與遺民是有隔膜的，他對國破家亡的感受，分明不似遺民那麼眞切痛苦。

二、揚州推官

順治十五年（1658），王士禛殿試二甲，不得館選。次年，謁選得揚州推官。王士禛的家鄉山東新城，遺民活動並沒有那麼活躍，但是他上任的揚州，卻是當時遺民聚集往還的一個中心。作爲忠烈傳家的新城王氏的後人〔註26〕，王士禛內心對遺民有著天然的親切感，加

〔註23〕見《王士禛全集》第一冊，頁22。

〔註24〕《秦淮雜詩二十首》，見《王士禛全集》第一冊，頁301。

〔註25〕王士禛：《漁洋詩話》卷上，清文淵閣四庫全書本。

〔註26〕其家之忠烈如崇禎四年（1631），兵變新城，王象復等數人被殺；崇禎十五年（1642），清軍大屠殺，王氏自王象益以下三十餘人死難。王士禛母自縊而未死；甲申之變，王士禛伯父王與胤投海未死，還家與其妻、子自縊等等。清人對其門忠烈多有記載，如計六奇《明季北略》卷二十一下稱：「新城王氏，乃其忠孝節烈，萃於一門。」

之天性的淡泊功名，使其惟期以名士自許。他在揚州任上「晝了公事，夜接詞人」〔註27〕，與遺民有十分頻繁的唱和往來，都是一種名士的行爲。對於遺民，王士禛是積極、主動接近的，《居易錄》卷四載：「予在揚州日，通州布衣邵潛夫年八十餘，無妻子，僑居如皋。予適按部至縣，邵以書來，云苦門夫之役。予抵縣，次日晨往訪之，所居狹巷不容車騎。予下車徒行入，蓬門陋室，臥榻與竈突相接，所刻書板充棟。出市沽留飲，予爲引滿數觴，盡歡而罷。邑令聞之，即日免其徭役。福清林古度茂之亦八十餘，數自金陵過訪。每集諸名勝，文宴紅橋、平山堂之間，予親爲撰杖。」

邵潛夫年高望重，林谷度更是遺民的重要人物，王士禛都是主動拜訪，並以此打開缺口，順利地進入揚州、南京、至江南的遺民圈。順治十八年（1661）五月，王士禛請錢謙益爲其詩集作序，爲牧齋所拒，回信云：「餘生暮年，銷聲息影，風波瞥起，突如焚如。介恃天慈，得免腰領，噩夢已闌，驚魂未慭。遠承慰問，深荷記存，惟有向長明燈下炷香遙祝而已。」〔註28〕王士禛記下了錢謙益的這番說辭，還記下了其一番盛贊云：「伏讀佳集，泱泱大風，青邱東海吞吐於尺幅之間，良非筆舌所能讚歎，詞壇有人，餘子皆可以斂手矣。」但王士禛卻沒有記錄下之前錢謙益對他的拒絕，就在前一封書簡裏，錢謙益回覆他的詩序之請曰：「舍甥郵傳嘉命，鵠索糠秕之導，屛營徬徨，未敢拜命。」措辭客氣而冷淡，毫無商量餘地地加以拒絕。可是就在九月二十六日，錢謙益八十壽辰時，與王士禛有往來的南京著名遺民丁繼之自金陵往賀，爲言王士禛客金陵館其家時眷念牧齋，思以文事相商榷之情，錢謙益的態度大爲緩解，「以此知東郊老馬，猶以識道勸伯主之物色。又重以累世氣誼，何敢以衰廢自外於門墻。遂力疾草

查繼佐《罪惟錄》列傳卷十二下：「新城王氏一門節烈，可與甲申保定張氏並凜」云云。

〔註27〕《漁洋山人自撰年譜》。

〔註28〕王士禛：《帶經堂詩話》卷八，清乾隆二十七年刻本。

序文一通，託丁老附呈侍史。」〔註 29〕從而欣然秉筆作序。其《漁洋詩集序》，致有「與君代興」之語，期許甚殷。又贈五古長詩，有「騏驥奮蹴踏，萬馬喑不驕」，「勿以獨角麟，儷彼萬牛毛」之句，王士禛《居易錄》卷十引爲「眞平生第一知己也。」這中間的轉變，丁繼之當起到了重要的斡旋作用，王士禛前期的活動已經成功取得了遺民的信任，也就取得了錢謙益的賞識。

順治十三年（1656），王士禛曾做《擬美女篇》：「容華誠自惜，貴盛寧易詳。洛水正微波，明瀾一何長。川路西南永，扁舟不可方。寄語盛年子，顧義愼自防。」該詩擬的是曹植的樂府《美女篇》，以美女自況，寄寓著願得明君而事，否則高臥林下、風流自賞的名士心態。在揚州任上與遺民的頻繁接觸表現了王士禛對遺民的敬慕，這也是一個名士的風度象徵，但是他跟遺民的內心感情始終還是有隔膜的，同樣的題材，漁洋之詩與遺民之作總是有感情深刻程度的差別。但是這些與遺民的唱和活動如紅橋唱和、冒襄水繪園唱和等，在當時引起極大反響。此外王士禛又於順治十七年（1660）充江南鄉試同考官，得門生無數，將文化事業開展得有聲有色的局面充分顯示了王士禛過人的政治能力，因此積纍了他一生的政治資本。宋犖《資政大夫刑部尙書王公世禎暨配張宜人墓誌銘》曰：「……戊戌殿試二甲，謁選得揚州推官。揚當孔道，四方舟車畢集，人苦應接不暇。公以遊刃行之，與諸名士文宴無虛日。……官揚五年，遷禮部主客司主事。」道出了揚州之任對王士禛仕途騰達的奠基意義。

三、王士禛與博學鴻儒科

京官期間是王士禛一生仕途的頂峰，也是他詩壇地位的定鼎之時，論者皆注目於士禛在此期間的選詩、主考、「神韻」詩說定型等的重要意義，對王士禛與康熙十八年（1679）的博學鴻儒科之間的微

〔註 29〕錢謙益：《與王貽上》，見《錢牧齋先生尺牘》卷一，《牧齋雜著》，上海古籍出版社 2007 年版。

妙關係缺乏足夠關注。康熙十八年的博學鴻儒科開科與清初士人思想、心態、詩歌創作的轉變之內在影響前文已有論及，表面上看王士禛沒有受薦鴻博之選，但王士禛對於該特科卻有不可忽視的重要作用。

在揚州任上的出色表現已使王士禛在仕途嶄露頭角，對於爲官仕宦其有深刻的體會，《香祖筆記》卷一云：

> 釋氏言羚羊掛角，無迹可求。古言云：羚羊無些子味，虎豹再尋他不著，九淵潛龍，千仞翔鳳乎？此是前言注腳，不獨喻詩，亦可爲士君子居身涉世之法。〔註 30〕

若對王士禛一生的爲官之做法加以對照，就會恍然大悟，「羚羊掛角，香象渡河」不僅有作詩的學問、更有爲官處世的文章。將以下兩條文字對比可見漁洋的涉世之法所在：

> 一則王應奎《柳南隨筆》曰：「阮亭先生自重其詩，不輕爲人下筆。內大臣明珠之稱壽也，有大僚某以金錢請於先生，欲得一詩以侑觴。先生念曲筆以媚權貴，君子不爲，遂力辭之。」〔註 31〕
>
> 二則宋犖《資政大夫刑部尚書王公世禎暨配張宜人墓誌銘》曰：「四方求詩文者，接踵而至，公亦灑然自得，有請輒應，人人厭其欲而去。」

士禛京官期間，已是南北黨爭如火如荼之時，明珠之北黨起伏於風波之中，至康熙朝中期已見劣勢，漁洋之「君子不爲」乃置身黨爭事外以求自保之意。而對四方來求詩文者的饜足，正在於詩壇盟主的地位和胸襟所繫，《墓誌銘》更記其「……性好客，坐上恒滿，談言亹亹，至夜分不倦。……又好汲引士類，見人有一長稱之，惟恐不及，以故遠近士大夫咸歸之。……同年鈍翁汪公性嚴厲，不輕許可，人多捨汪而就公，謂如坐春風中也。」

王士禛能位極人臣數十年，經風浪而不頹敗，正在於這種不落痕

〔註 30〕《王士禛全集》，頁 4481。
〔註 31〕此「大僚」即徐幹學，見《王士禛全集》，頁 5139。

迹的涉世之法，「大隱隱於朝」，王士禛不僅以仕爲隱，還稱「予兄弟少無宦情，同抱箕潁之志，居常相語，以十年畢婚宦，則耦耕醴泉山中，踐青山黃發之約。」〔註 32〕這種淡泊宦情而仕宦，甚至使門人批評其爲諫官而不敢言，一味循默而遷秩〔註 33〕——而他爲統治者看重的也正是這一點，《神道碑銘》載：奉旨有「人品學問，老成忠厚」之褒〔註 34〕。昭槤《嘯亭雜錄》卷九亦稱：「漁洋先生入仕三十餘年，以醇謹稱職，仁皇帝甚爲優眷。」「醇謹」一詞是對王士禛人品的絕好寫照，正因爲此才得到康熙帝的賞識，宋犖的《墓誌銘》載王士禛回到京城以後「與同朝諸名公爲詩會，……時上留意古學，特詔公懋勤殿試詩，稱旨，次日傳諭：王某詩文兼優，著以翰林官用。遂改侍講，旋轉侍讀。本朝由部曹改詞臣自公始，實異數也。」〔註 35〕

而在這之前，康熙帝對王士禛可謂留意已久。據載，康熙十五年（1676）五月，一日，學士杜臻語公：「昨隨諸相奏事，上忽問：『今各衙門官讀書博學善詩文者，孰爲最？』首揆高陽李公對曰：『以臣所知，戶部郎中王士禛其人也。』上頷之曰：『朕亦知之。』」〔註 36〕

康熙十六年（1677）大暑日，經筵輟講一日。上召侍讀學士張英入，問當今各衙門官中長於詩文者誰，張對曰：「郎中王某詩爲一時共推，臣等亦皆就正之。」上舉公名至再三，又問：「王某詩可以傳後世否？」張對曰：「一時之論以爲可傳。」上又頷之。〔註 37〕

七月初一日，上又問今日善詩文者，李霨、馮溥再以公及中書舍人陳玉璂對，上頷之。

以上數條裏，康熙帝對王士禛的注意自康熙十五年已經有之，並且那時已云「朕亦知之」。另外康熙在詢問時，特別提到了詩是否「可

〔註 32〕《帶經堂詩話》卷七，乾隆二十七年刻本。

〔註 33〕馮景《解舂集文鈔補遺》卷二《上都御史新城王公書》。

〔註 34〕《王士禛全集》頁 5116。

〔註 35〕《王士禛全集》頁 5117～5121。

〔註 36〕《漁洋山人自撰年譜》卷下惠注引公《召對錄》。

〔註 37〕同上。

傳」這個問題。可傳與否，當時之人誰能料到？所以揣摩聖意，乃是甄別王士禛詩是否代表了朝廷意願、營造統治者需要的輿論氛圍之意。王士禛的「神韻詩」溫柔敦厚、不落痕迹，是眞正的「盛世之詩」，符合清初安撫遺民傷痛、淡忘故國，沉醉於當前盛世復興的景象中的需要，關於這點，位極人臣的徐幹學在《漁洋續詩集序》已斷定：「……讀先生之詩有溫厚平易之樂，而無崎嶇艱難之苦，非治世之音能爾乎？」正因漁洋詩的這種特質，「廟堂之上，以文章揚一代之盛者，必先生也。」〔註38〕

經過對王士禛長期的考察，康熙帝給了一個人稱「異寵」的榮耀擢拔，特旨將之由部曹改詞臣，這不僅基於對王士禛才華的賞識，也緣於對其人品的肯定。康熙帝曾經在康熙二十一年（1682）評閱策試貢士卷時曰：「謹愼便是好人，人能恪謹守分，何所不宜。」〔註39〕王士禛正是這樣一個「醇謹」爲官的詩人，康熙帝曾親自讚賞王士禛的處世之道曰：「山東人偏執好勝者多，惟王士禛則否。其作詩甚佳。居家除讀書外，別無他事。」〔註40〕因此，由部曹轉翰林，是異數也是定數。

就在康熙十七年（1678）正月二十二日，上召阮亭賦詩；二十三日，上諭吏部，開博學鴻儒科，並於是日特旨傳諭：「王士禛詩文兼優，著以翰林官用」，乃授翰林侍講；二十八日，改侍讀。施閏章有詩《聞王阮亭農部擢補侍讀》祝賀云：「文字聲名騰禁闥，平生懷抱滿樵漁。」〔註41〕正表達了漁洋聲聞禁苑而了無宦情，因此朝野俱好之的時情。

康熙帝將王士禛由部曹提拔爲翰林和鴻博開科幾乎是在同一時間進行的，個中是否有何深意史無記載不得而知，但這絕不應該僅僅

〔註38〕李敬：《漁洋詩集序》，見《王士禛全集》第一冊，頁87。
〔註39〕轉引自中國人民大學清史研究所編：《清史編年》第二卷，中國人民大學出版社2000年版，頁427。
〔註40〕《清史列傳》卷九本傳。
〔註41〕施閏章：《學餘堂集》詩集卷四十，清文淵閣四庫全書本。

理解爲一種歷史的偶然或某個帝王的一時興起。因爲詩壇與政界向來關係緊密，京師的詩壇則又可謂是全國的文化中心，正應該承擔領導詩壇、號召南北的責任。所以，「順應新朝鼎盛時期的詩風以淡化遺民群體的情緒能量，已成爲歷史的必然需要和規定性選擇。」當時的詩壇，其他力量如遺民詩人、貳臣詩人等均不堪託付，而王士禛正符合各種條件，所以這應該理解爲一種歷史的必然性選擇，不應該存疑於偶然性的環節，此亦即所謂「天意」〔註42〕。

此時的詩歌需承擔起淡化國是、瓦解「夷夏大防」的故國之思以至潛在的反清情緒和逆向心態的重任。若要謀求這種氛圍的創作，詩歌方面絕不可能一蹴而就，須推舉出一位有絕對權勢地位的、因此具備絕對影響力的代表詩人，同時利用科舉取士的槓杆力，從而達到「淡化」目的，並高屋建瓴地指導著全國的詩界，推波助瀾以影響到大江南北、關河內外。

王士禛之後的表現無疑是令朝廷滿意的。這時的王士禛在京師生活了十多年，長期、密集地與京官的往來唱和，詩歌創作環境變了，氛圍更是不同，天子腳下一片昇平氣象深深地感動了王士禛，他眞誠地歌頌這「至尊右儒術，海宇盛詞章」的盛世，也順利地從一個風流自賞的名士，轉變爲歌功頌德的文學侍從，這是歷史與個人的雙向抉擇，也是一種歷史的必然性選擇。康熙十七年（1678）起徵召鴻博至次年開科，舉凡來京的徵士，無論是前朝遺民還是國朝新寵，眾人均能與王士禛往來唱和，情誼深洽，其間雅逸的風度、歌酒的酬應、清狂的冶遊等生活形態，加上「神韻」溫厚沖融的詩風確有助於收攏亂世後渙散的人心。

如他與著名詩人朱彝尊的交往。早在康熙六年（1667）朱彝尊就投詩阮亭，得到了阮亭的褒獎勉勵，而在這之前，朱彝尊以一遺民身份流離失所、寄人籬下十餘年，所作之詩，「多離騷變雅之體，則其辭雖工，世莫或傳焉！」漁洋「交深於把臂之前，而情洽於布

〔註42〕嚴迪昌：《清詩史》，頁494。

衣之好」〔註 43〕的姿態令朱彝尊感激不已，至鴻博特科開，朱、王相會於京師，唱和往還甚是相得，後人認爲朱之出更離不開王之提攜：「詩人之出，總要名公卿提倡，不提倡則不出也。如王文簡之與朱檢討，國初之提倡也。」〔註 44〕可見當時王士禛的詩壇盟主地位，跟其官位之高是分不開的，名高位卑如朱彝尊，自然需附和、影從其後。

詩人邵長蘅，經歷了江南奏銷案，對朝廷多有不滿。邵文與魏禧齊名，俱多著力抒寫滄桑鼎革之際人事，情態悲涼，前期的詩風慷慨激烈，骨鯁倔強。現存《青門簏稿》中《日蝕行》借災異現象曲筆寫「聖朝」之害：「……聖朝不合屢災異，沉吟茲咎蓋有因。奉行職在良有司，安得詔書不掛壁。農盡耕田牛服軛，追呼無隸夜打門。星爲含譽卿爲雲，我今欲語長吏嗔，嗚呼！我今欲語行復呑。」詩中見當時皁隸日夜追索，導致百姓無田可耕，詩人滿腔憤懣不得大聲疾呼：「但恨湫隘乏遠勢，令我不得開胸懷。發狂大叫胡爲哉。」〔註 45〕這是邵長蘅順康時期的詩作，風格蒼涼雄壯、慷慨長歌。康熙十八年博學鴻儒科開，邵長蘅雖未膺薦、但也欣然入京謀求衣食，寓保安寺街，與時任翰林院侍讀的王士禛爲鄰，有詩《讀愚山阮亭兩先生詩賦贈》投之：

> 懸成別體裁，清眞變綺麗。溫柔實詩教，穆如風人遺。
> 新城富天授，萬象聽爐錘。鍾呂振鴻音，凡響一以閟。
> 走也菇蘆人，少負遺俗累。竭來客京華，頗覺耳目異。
> ……
> 幸荷瓊琚貽，灑我塵土穢。宵吟見朝暾，晝讀燭仍繼。
> 瓣香敬在茲，繾綣申末契。素心託松筠，濡翰聊敘意。

滿紙對「溫柔」、「綺麗」詩教的讚賞，不復當初之頓挫沉雄。時邵長蘅詩多經王士禛評點，《青門旅稿》卷一題識云：「余每出一篇，必經

〔註 43〕朱彝尊：《曝書亭集》卷三十七《王禮部詩序》。
〔註 44〕錢泳：《履園叢話》卷八，道光十八年述德堂刻本
〔註 45〕邵長蘅：《青門簏稿》卷三，清康熙刻本。

阮亭先生點定，諸君亦互有商略，或丹黃雜糅，至不可辨。故此卷登州以前得評語尤夥。」「《青門旅稿》甲子以前詩文經阮亭先生點次者十七，諸子十三。」這樣點定商略的結果是邵長蘅的詩風有了顯著的轉變，「視從前如二手矣。」〔註 46〕

王士禛一面對鴻博徵士溫言嘉勉，以溫潤詩風安撫人心，眾人紛紛附和其盛世之詩；另一方面，漁洋又有其內在的判斷標準，對當前士風的頹下不以爲然。在給同鄉京官顏光敏書信中，他說道：「昨有偶爲邗江友人題墨菊一絕句云：由來苦節本難貞，莫向東籬問落英。徵士今年滿京洛，不知何處著淵明。」〔註 47〕並有札與王弘撰，稱讚關中四君子高風亮節：「王阮亭有寄余札云：頃徵辟之舉，四方名流，雲會輦下，蒲車玄纁之盛，故所未有。然自有心者觀之，士風之卑，唯今日爲甚。……四君子者出處雖不同，而其超然塵埃之表，能自重以重吾道、重朝廷者則一也。此論藏胸中，唯一向蔚州魏環溪、睢陽湯荊峴兩先生言之，不敢爲流俗道也。」〔註 48〕也許王士禛內心深處自有其嚴格的是非道德標準，但文學侍從、詩壇盟主的身份使他無法心口如一、堅持己見。遺民有其立身處世的艱辛，王士禛又何嘗沒有他的無奈悲哀？

王士禛是朝廷欽點的文學侍從，雖然與各入選鴻博一樣入翰林院、爲詞臣，但是結局卻大相徑庭。入選之五十位鴻儒，不久即人才雕零，或卒或貶，鴻儒之一的毛奇齡在《史館興輟錄》中說：「在五十人多處士，難進易退，且又老邁，十餘年間，不祿者已三十人矣。第不知同館多人，並不限數，何以一任其興輟如此。」〔註 49〕

而王士禛此後卻一直仕途順利、官運亨通，康熙十九年（1680）即遷國子監祭酒，正式執文壇牛耳。並一直以詩人身份，位躋六部九卿，四、五十年屹立不倒，恩寵無匹，榮光無極。王士禛與一眾鴻儒

〔註 46〕沈德潛：《清詩別裁集》卷十五。
〔註 47〕《王士正（禛）與顏修來書》，見《王漁洋事迹徵略》，頁 251。
〔註 48〕王弘撰：《山志》二集卷五，齊魯書社 1997 年版。
〔註 49〕毛奇齡：《西河集》卷一一八，《史館興輟錄》。

們的命運，似被以下這段話道破天機：

> 康熙二十九年（1690）三月，翰林院滿洲掌院學士庫勒納語公云：「公等亦見冬日鬻花者乎？置之密室，鑿池作坎，緶竹其下，溉以牛溲，培以硫黃；筧以沸湯，扇以微風，盎然春溫，經宿而花放矣。眾華固未蓓蕾也。及二三月，眾花應候而發，而冬花已憔悴，視其根則已腐敗久矣。蓋春花知命而待時者也，冬花不知命而違時者也。仕宦亦然，吾見乎冬花之榮落亦多矣，公等今日之擢，乃春花也，雖遲發亦不速敗。」〔註 50〕

鴻儒們恰似那不知命而違時、只是「鬻花者」爲眼前利益一時催發的冬花，他們本爲前朝遺民，後因主觀上的妥協或客觀上的脅迫而出應科舉，這樣的「兩截人」是皇朝暫時的需要，待大局已定其枯敗萎落便在片刻之間。而王士禛乃是「根正苗紅」的國朝新貴，他生於前朝而長於新朝，並應了科舉而順利出仕，這是一個純粹意義上的「國朝詩人」，這樣的知命待時，故能榮發日久而不敗。

四、金臺詩群

王士禛性情老成忠厚、爲人醇謹，這是他得以全身並得意於凶險的官場的秘訣所在，同樣，他溫厚沖融的詩風更一直被人視爲盛世的代表、昇平的裝點，譚獻《復堂日記》卷一云：「予服漁洋中和敦厚，可觀世運，所謂詩可以觀化者在此。」這樣的觀點屢屢被人言及，縱然漁洋死後被人倒戈，沈德潛還是知之甚深地說道：「……然獨不曰歡娛難工，愁苦易好，安能使處太平之盛者強作無病呻吟乎？愚未嘗隨眾譽，亦非敢隨眾毀也。」〔註 51〕

王士禛的詩歌最符合太平盛世的輿論需要，所以儘管有人認爲其不得大用，王掞卻認爲：「上之知公，不可謂不深；公之受知於

〔註 50〕《居易錄》卷十五，文淵閣四庫全書本。
〔註 51〕沈德潛：《清詩別裁集》卷四。

上，不可謂不厚。特以未登相位，天下或惜公用之未盡，而不知公之高名重望，業已奔走海內，震耀後世矣。設使公而秉鈞當國，居三公之位，享萬鍾之富，夫亦何所加於公？即不然，而使公韜迹名山，以布衣終老，其所繫天下之重輕者，固自有在。而世之以未及大用爲公惜者，亦目睫之見也。嗚呼，此公之不朽也與！公之文章既爲天下所宗，其於詩尤人人能道之。然而公之詩，非一世之詩；公之爲功於詩，亦非一世之功已也。……」〔註 52〕此番言論，道出王士禛詩爲朝廷所知、人得朝廷大用而爲詩壇盟主的玄機，王掞對王士禛也可謂知之甚深。

漁洋其人其詩，深爲康熙所需、所賞識，因此給了他適合的位置——朝廷的文學侍從，及詩壇的領袖人物。王士禛主盟天下詩壇，提攜後進，創造了一種沖融遐逸的詩風，與朝廷期望和時代氛圍都是相吻合的。《清史稿》中記錄同時代的詩人，往往熱衷於提到王士禛對其的欣賞、提攜。王士禛成爲一種標準，爲韻語者紛紛學習其代怨誹以歌頌，易弁服爲冠冕，這符合了盛世的需要，也符合了人心安定的嚮往。

在王士禛生前，追隨左右的有一大批像他一樣的仕途顯赫之人。其於順治十七年（1660）任江南鄉試同考官，得昆山盛符升、太倉崔華等名詩人；又於康熙八年（1669）得吳縣惠周惕、江都宗元鼎；康熙十一年（1672）典四川鄉試、收弟子數十；最重要的活動是康熙十六年（1677），親定《十子詩略》，收「金臺十子」於門墻。「金臺十子」是繼貳臣詩界瓦解、遺民詩界雕零、第一代臺閣詩人如龔鼎孳、宋琬等也衰落之後的後起詩人中最優秀之青年才俊。他們均與王士禛一樣，是經科舉，入仕途，得功名富貴的眞正國朝詩人，詳見下表：

「金臺十子」科舉功名與詩歌作品簡表：

〔註 52〕王掞：《神道碑銘》，見《王士禛全集》第六冊，頁 5113。

姓　名	字　號	籍　貫	功　名	官　職	作品集
宋犖（1634～1713）	字牧仲，號西陂、漫堂	河南商丘	順治四年以大臣子充御前侍衛	黃州通判擢江蘇巡撫，至吏部尚書	《綿津山人集》、《西陂類稿》等
王又旦（1639～1689）	字幼華，號黃湄漁人	陝西郃陽	順治十五年進士	戶科掌印給事中	《黃湄詩選》
曹貞吉（1634～1698）	字升階、升六，號實庵	山東安丘	康熙三年進士	內閣中書，後出爲徽州同知	《珂雪詞》，詩集《朝天》、《鴻爪》等
顏光敏（1640～1686）	字修來，號遜甫、樂圃	山東曲阜	康熙六年進士	吏部考功司郎中	《樂圃集》
葉封（1623～1687）	字井叔，號慕序、退翁	浙江嘉善，後家湖北黃陂	順治十六年進士	西城兵馬司指揮	《慕廬集》、《嵩遊集》等
田雯（1635～1704）	字子綸，號山薑、蒙齋	山東德州	康熙三年進士	戶部侍郎	《古歡堂集》
謝重輝（未詳）	字千仞，號方山	山東德州	以父蔭中書舍人	刑部侍郎	《杏村詩集》
丁煒（未詳）	字瞻汝，號雁水	福建晉江	順治十二年從軍幕得官	湖廣按察使	《問山詩集》，詞《紫雲》
曹禾（1637～1701）	字頌嘉，號峨嵋、禾庵	江蘇江陰	康熙三年進士	內閣中書；「鴻博」至國子祭酒	《禾庵》、《峨嵋》等
汪懋麟（1639～1688）	字季甪，號蛟門、覺堂	江蘇江都	康熙六年進士	刑部主事，與修《明史》	《百尺梧桐閣集》

「十子」中不僅幾乎人人仕途暢達，躋身廟堂、位列高官，而且科場得意亦早。王又旦年僅二十便高中進士，汪懋麟、曹禾、顏光敏成進士俱未滿三十。其中除去宋犖、丁煒、謝重輝未曾科舉，其餘七人中進士平均年齡爲 29 歲，未到而立進士高中，這在科舉時代是極爲難得的榮耀。把這一數字與後來相比就更有了對照意義，乾嘉時著名的「毗陵七子」中洪亮吉等六人，平均中舉人的年齡遲至 34 歲，之後他們又花去若干年不等的時間應會試，仍有人終身未得進士，其

中更遑論還有潦倒科場、連舉人也未曾考取的黃仲則。「十子」數據一方面顯示了清初康熙朝國家進入盛世時科舉的發達昌明，得人之盛，入世之暢；另一方面，也可以見出王士禛選取人才的標準：國朝新貴。這樣的人才最能眞誠地附和王士禛爲朝廷歌功頌德的需要，也能兢兢業業地將這一功能薪火相傳。

「十子」中未與科舉的其他三人，也各以其它方式躋身仕途。尤其宋犖年十四便以大臣子入爲御前侍衛，中年後更是仕途騰達，康熙三十一年（1692）出任江蘇巡撫，並在江蘇巡撫任上達十四年，期間接待康熙的多次南巡，深得帝心。由王士禛開始的身居高位者領導詩壇，一身兼任文學侍從與詩壇主盟的現象，在宋犖這裏得到了繼承發展。作爲「十子」中享壽最高、仕途最達者，宋犖與王士禛一個在北，一個在南，各持風雅之柄乃屬當之無愧。後宋犖亦倣仿王士禛，輯刻《江左十五子詩》，該集以王式丹詩爲「十五子」之首，卻「去其涉及時政得失、人物臧否者」〔註 53〕。這「十五子」所選也非泛泛之輩，康熙四十二年狀元、探花皆係十五子中人，吳廷禎也中二甲第五名高第，蔣廷錫又係「特選」。十五子中，成進士者十二人，躋身相位、六部九卿之類高位者四人，難怪沈德潛於乾隆間追溯這一段「韻事」時曾以艷羡的口吻道：「厥後十五人中殿撰一人，位大宗伯者一人，大學士者一人，餘任宮詹、入翰林者，指不勝屈。」〔註 54〕更有甚者，宋犖在選詩時，還專門刪剔去有關社會政治、在其看來不夠溫柔敦厚的作品〔註 55〕，將使詩壇一味溫柔、只餘敦厚，將文學侍從的歌頌昇平職能赤裸裸地放大到極致。

宋犖與王士禛一樣，將眼光放在國朝的新貴身上，與朝廷配合，在武功已經安定天下之後，整飭前期混亂的詩壇，去創作屬於盛世的風流。但宋犖的詩壇地位遠遠無法與王士禛相比，這是由於他自身的詩歌創作沒有足夠的影響所致，漁洋身後繼承詩壇大纛、繼續爲盛世

〔註 53〕鄧之誠：《清詩紀事初編》卷五，頁 537。
〔註 54〕沈德潛：《清詩別裁集》卷二十一，清乾隆二十五年教忠堂刻本。
〔註 55〕嚴迪昌：《清詩史》，頁 526。

寫聲的是沈德潛。

第二節　耆儒晚遇　歌嘯太平——沈德潛與格調說

一、晚達緣詩遇——沈德潛生平

沈德潛（1673～1769），字確士，號歸愚，江蘇長洲人。早年科場淹蹇，自 22 歲參加鄉試，連赴舉場幾達二十次不售。乾隆元年（1736）參加博學鴻詞科時年已 64，仍然名落孫山，止一廩生而已。一直到乾隆三年（1738）始中舉人，次年中進士，年已 67 矣！等到結束庶常館的學習時沈德潛已是古稀之年，但這卻是他一生輝煌的開始。後官至禮部侍郎，加尚書、太子太傅，贈太子太師。卒謚文愨。官運亨通，高壽隆遇，爲古詩人所罕有。

沈德潛之爲士人所羡慕處，不僅在終於得享高位，更在於以一詞臣，被皇帝推許若斯，竟至於與之唱和不斷。《歸愚文鈔》卷十八《御製詩集後序》云：「臣向以有韻之語，受九重特達之知。」乾隆帝也云德潛「以詩文受特達之知」（《清史列傳》本傳）。對沈德潛的破格擢拔，不僅是出於對詩文的欣賞，更在於沈德潛浮沉科場、白首不悔的經歷有助於統治者利用科舉這一手段牢籠士人。乾隆曾吐露其中原因云：「朕向留心詩賦，不過幾餘遣興，偶命屬和，其中才學充裕，如沈德潛等，間或一加超擢。……不知沈德潛優升閣學，朕原因其爲人誠實謹厚，且憐其晚遇，是以稠迭加恩，以此勵老成積學之士，初不因進詩優擢。」〔註 56〕可見沈德潛的經歷所具有的無窮的榜樣力量得到了朝廷的重視。

乾隆十一年（1746），《覺生寺大鐘歌用沈德潛韻》，乾隆寫道：「我惜德潛老始達，其詩亦復倫考功」。（《御製詩初集》卷三十一），這種

〔註 56〕《清史列傳》卷十九。

君和臣韻、古未有也的異寵使沈德潛感激萬分。後不斷有這樣的君臣唱和，如：「我愛德潛德，淳風挹古初」，「朋友重然諾，況在君臣間」等，幾乎有類於朋友間的調侃語氣了，乾隆與沈德潛之間的親昵程度從詩中可以看出。

乾隆十六年（1751），沈德潛更是「恃寵以請」，請上爲《歸愚集》作序，弘曆竟欣然命筆、爲其延譽曰：「德潛老矣，憐其晚達而受知者，唯是詩。余雖不欲以詩鳴，然於詩也，好之習之，悅性情以寄之，與德潛相商榷者有年矣，茲觀其集，故樂俞所請而序！」

這種恩寵，在沈德潛還鄉後仍然綿延，其生前乾隆曾四下江南，每下必晤，「望見公，天顏先喜。每一晝接，必加一官，賜一詩。」〔註 57〕

直至乾隆三十四年（1769）九月，沈德潛以九十七歲高齡病卒，乾隆帝特下諭旨：「沈德潛績學工詩，耆儒晚遇，受朕特達之知。嗣以年高引退，特許歸里，俾得頤養天和，爲東南縉紳領袖。前者屢次南巡，見其精神強健，疊沛恩施。年來復時予存問，方冀壽躋百齡，益承優眷。今聞溘逝，深爲軫惜！著加恩贈太子太師，入祀賢良祠。」並賜祭葬如例，謚文愨。親賦悼詩云：「平生德弗愧潛修，晚遇原承恩顧稠。壽縱未能臻百歲，詩當不朽照千秋。飾終宣命加優典，論定應知有獨留。吳下別來剛四載，悵然因以憶從頭。」〔註 58〕以一詩人而言，沈德潛所受的隆遇，確乎無出其右者。

二、歌嘯太平人——詩歌爲朝廷代言

王士禛去世後並未得到康熙帝的謚號，後來是由於沈德潛請於乾隆，得謚「文簡」。昭槤《嘯亭雜錄》卷九載：「純皇時與沈文愨公談及近日詩道中衰，無復曩日之盛之語，沈公乘間曰：『因不讀王某之詩，蓋以其卒無謚法，無所羨慕故也。』上因命同韓文懿菼補謚焉。」

〔註 57〕袁枚：《太子太師禮部尚書沈文愨公神道碑》，《小倉山房集》文集卷三，《袁枚全集》第二冊，頁 51。

〔註 58〕《清史列傳》卷十九。

沈德潛和王士禛之間有著千絲萬縷的關聯，沈德潛《自訂年譜》謂：「(康熙) 四十二年癸未，年三十一。秋，橫山葉先生卒。先是先生以所製詩古文並及門數人詩致書於王漁洋司寇，至是漁洋答書，極道先生詩文特立成家，絕無依傍。諸及門中以予與張子岳未，永夫不止得皮得骨，直已得髓。」可見漁洋對沈德潛的讚賞早已有之。

到康熙四十九年 (1710)，又得漁洋再次肯定，郭麐《靈芬館詩話》記載：「歸愚少問業於葉星期先生，傳其詩學。新城尚書寄友人書有云：『橫山門下尚有詩人。』歸愚見之，竊喜自負。新城亡，爲詩哭之，實未見新城也。前輩宏獎之心，與感知之意，均可想見也。」〔註 59〕

沈德潛之詩云：《王新城尚書寄書尤滄湄宮贊，書中垂問鄙人云：「橫山門下尚有詩人。」不勝今昔之感。末並述去官之由云：「與橫山同受某公中傷。」此新城病中口授語也。感賦四章，末章兼誌哀挽》：

三百年來久，風騷讓此賢。
慚無水曹句，辱荷尚書憐。
千里吳雲隔，雙魚汶水傳。
野夫承下訊，惆悵倚江天。(其一)

橫山全盛日，請業遍門墻。
一老嗟淪沒，群愚故謗傷。
閒雲封講席，古柳臥書堂。
故友悲今昔，青青墓草荒。(其二)

虎豹天關踞，雲房未許窺。
漫教尤眾女，只自怨蛾眉。
歷下揮談麈，汾湖把釣絲。
後先同放棄，恰遂白雲期。(其三)

又見文星暗，緣知歲在辰。
濟南無作者，海內失詩人。
虛附青雲士，難賡《白雪》春。
虞翻同感泣，此意向誰陳？(其四)

〔註 59〕郭麐：《靈芬館詩話》卷三，上海古籍出版社 1995 年版。

組詩中沈德潛表達了很多重的意思：對新城尚書的崇仰，新城沒後所遭訕謗激起自的不平，師門的雕零更勾起詩人的悲慨，但是字句間掩飾不住的是這位後起的詩人「竊喜自負」、敢當重任的意願。

沈德潛主倡的是「掣鯨魚碧海」的盛唐李杜氣象，他在《說詩晬語》中說：「司空表聖云：『不著一字，盡得風流。』『採採流水，蓬蓬遠春。』嚴滄浪云：『羚羊掛角，無迹可求。』蘇東坡云：『空山無人，水流花開。』王阮亭本此數語，定《唐賢三昧集》。木玄虛云『浮天無岸』，杜少陵云『鯨魚碧海』，韓昌黎云『巨刃摩天』，惜無人本此定詩。」可見其對王士禛的詩歌審美理想並不完全以爲然。王士禛生前也未必如何欣賞沈德潛的詩風，而是多年文學侍從的經驗給他這樣的直覺和期許，沈德潛同樣溫柔敦厚、符合詩教傳統的詩歌作品無疑將會成爲朝廷屬意的對象。王士禛的「橫山門下尚有詩人」和沈德潛「竊喜自負」的心態都恰恰揭示出彼此認同的基礎不是詩學觀，而是身份和責任的延續。

王士禛在世之時，沈德潛已經是一位成熟的詩人。沈德潛於康熙三十七年（1698）從學於葉燮，時年二十六歲。而康熙四十六年（1707）三十五歲時，就已活躍於吳門詩界。結「城南詩社」，十年後又有「北郭詩社」。遑論之後康熙五十五年（1716）已刻《竹嘯軒詩鈔》十八卷；次年與陳樹滋合編《唐詩別裁》，先編十卷；又二年，《古詩源》編就；雍正九年（1731）著《說詩晬語》；次年又與周準合《明詩紀事》十二卷。至此，推論歷代風雅源流並深有心得的沈德潛，六十歲時已是成就很高的詩人和詩學家。漁洋以多年近侍皇帝並主盟詩壇的經驗敏銳地預感到歸愚他年的成就。若論沈德潛對其師橫山詩學「不止得皮得骨，直已得髓」，事實上德潛他年的際遇遠非葉燮「身世兩相棄」的憤懣悲涼可比，相反，與盛世相桴鼓的創作，使這位本爲橫山門下的詩人，「迹其生平，門戶依傍漁洋。」〔註 60〕

〔註 60〕朱庭珍：《筱園詩話》卷二，清光緒十年刻本。

乾隆身爲皇帝，卻對古典詩歌有異乎尋常的熱情。趙翼《檐曝雜記》載：「上或作書，或作畫，而詩尤爲常課，日必數首。」他一生創作了海量的詩歌，現存《御製詩》五集爲41800首，《御製詩餘集》750首，當皇子時的《樂善堂集》1034首，總計得43584首。對於這樣驚人的創作成果，乾隆自也深感得意，可是身爲九五之尊，不能、也不屑以詩人自命，在以餘力爲詩的同時，朝廷和皇帝都需要一名眞正的詩人來代言，而這樣一位詩人必須符合統治者的審美觀和詩學觀，沈德潛就這樣被發掘了。

沈德潛與乾隆的君臣以詩相遇成爲定論，這種遇合首先是以彼此詩學觀的相符爲基礎的，更確切地說，是以主上對臣下詩學觀的肯定、臣下對主上詩學觀的迎合爲基礎的。沈德潛秉承儒家詩教傳統，教忠教孝，溫柔敦厚，沈氏《國朝詩別裁集》之凡例，開宗明義第一句即稱：「詩之爲道，不外孔子教小子教伯魚數言，而其立言一歸於溫柔敦厚。無古今一也。」所謂「孔子教小子教伯魚數言」，即《論語・陽貨》中所謂：「詩可以興，可以觀，可以群，可以怨」，加上「溫柔敦厚」，構成「詩教」原則，這正是沈德潛詩論的核心，這與乾隆帝的觀點不謀而合。

乾隆帝認爲：「且詩者何？忠孝而已耳。離忠孝而言詩，吾不知其爲詩也。」〔註61〕沈德潛就是這麼做的。他繼承儒家詩歌功能論傳統，以政治倫理價值爲先，認爲詩必關乎教化〔註62〕。《說詩晬語》開篇即定義：「詩之爲道，可以理性情，善倫物，感鬼神，設教邦國，應對諸侯，用如此其重也。」《重訂唐詩別裁集序》云：「至於詩教之尊，可以和性情，厚人倫，匡政治，感神明。」後來，沈德潛更命名自己的大廳爲「教忠堂」。這樣，他的整體詩歌創作都是爲了教忠教孝。例如，古老的「昭君怨」題材被人寫了又寫，但沈德潛卻能翻出新意，寫道「無金酬畫手，妾自誤平生。」對主上的不公正毫無怨言，

〔註61〕《清史列傳》卷十九。
〔註62〕張健：《清代詩學研究》，北京大學出版社1999年版，頁528。

惟有謙卑的自省與自責，這樣的「溫柔耐誦」〔註 63〕，這樣低微到塵埃裏去的忠誠與卑微，統治者夫復何求？

當然，乾隆帝也允許臣下有時候應景的「興觀群怨」之舉。《嘯亭雜錄》載：「純廟憂勤稼穡，每歲分，命大臣報其水旱，無不見於翰墨。地方偶有偏災，即特旨開倉廩，蠲租稅，六十年如一日。……後諸詞臣有以御製詩錄爲簡冊以進者。朱相國珪錄上紀詠水旱豐歉之作，名《孚惠全書》以進，上大喜，賜以詩扇，告近臣曰：『儒者之爲，固不同於眾也。』」〔註 64〕

臣下錄上記錄災情的詩作，皇帝竟然「大喜」，並讚賞這才是「儒者」所爲，這對於導夫言路是有鼓勵作用的。沈德潛「抒下情而通諷喻，宣上德而盡忠孝」〔註 65〕的詩作必然受到欣賞：「沈文慤以詩受知高宗，其所奏進，陳善納忠，於閭閻息耗，四方水旱，歸本辰居，責成牧令補救之實，一見於詩，反覆盡意，不苟爲虛美。上嘗賜以詩曰『嘉爾臨文不忘箴』，又曰『當前民瘼聽頻陳』。公之所以被主知，固有在矣。」〔註 66〕

同時，沈德潛更是一個爲人爲官均「謹厚」的典範。《太子太師禮部尚書沈文慤公神道碑》：「公醇古淡泊，清臞矗立。居恒恂恂如不能言，而微詞雋永，無賢不肖，皆和顏接之。有譏其門墻不峻者，夷然不以爲意。詩專主唐音，以溫柔爲教，如弦匏笙簧，皆正聲也。」《歸愚詩鈔餘集》卷五寫九十歲時尚反思：「居心貴和平，爾未除荊棘；立身貴中正，爾尚流偏側」，卷七《病起雜興》云：「何妨事事居人後」，他對自我的人格上的要求謹慎而嚴格，爲官也是非常小心，餘集卷五記載日本詩人乞詩序，也被嚴守華夷之防的沈德潛拒絕，詩《日本臣高彝書來，乞作詩序，並呈詩五章，文采可觀。然華夷界限，

〔註 63〕法式善：《梧門詩話》卷五，上海古籍出版社 1995 年版。

〔註 64〕昭槤：《嘯亭雜錄》卷十。

〔註 65〕沈德潛：《湖北鄉試策問四道》，《沈歸愚文抄》，乾隆「教忠堂」刻本，卷七。

〔註 66〕楊鍾義：《雪橋詩話》卷五，民國求恕齋叢書本。

不應通也，卻所請而紀其事》曰：「……尊奉中朝狃忱悃，章明典禮慎防維。……」（自注：遠夷求文衡山筆墨者，公服朝服見之，不應其請。）連異國的詩序都不敢作，可見其人之謹重自持。

最後，沈德潛倡導的是正大宏闊的盛唐詩風，這是與清高宗好大喜功的性格、以及六十年轟轟烈烈的盛世圖景相匹配的。王士禛的詩風經趙執信和後人不斷的批判已風光不再，加之王士禛過於溫吞簡淡的風韻不盡符合「十全老人」的喜好，況且王士禛那建立在朝廷扶持、位高名重上的詩壇號召力，更易於人走茶涼。沈德潛應運而生，經過康熙朝和雍正朝的醞釀，到得乾隆皇帝以年輕英主的姿態登基，亟需新覓一位詩壇盟主，代表自宣揚御用審美觀與詩學觀，沈德潛因此能夠耄年奇遇，榮耀無極。

沈德潛之出，跟王士禛一個重要的共同點就在於朝廷的事先屬意。沈德潛成詩人遠在成功名以前，他四十三歲選《唐詩別裁集》，四十七歲選《古詩源》，五十三歲選《明詩別裁集》，五十九歲作《說詩晬語》，度過了肅殺的雍正朝後，乾隆朝考進士時已經名滿天下，大司寇尹繼善稱其爲「江南老名士」，「極長於詩」，大學士張廷玉云：「文亦好」，而將之置一等。這些權臣的賞識提攜是沈德潛成名的推進力，而他的詩風得到肯定是這種賞識的前提。

《熙朝新語》還記載了沈德潛庶常館散館考試情形：「長洲沈宗伯德潛，以名諸生久困場屋。乾隆元年薦舉鴻博，召試不售。歸。戊午己未聯捷入詞垣，年已六十餘矣。壬戌散館，試殿上。日未昳，黃門捲簾，上出賜諸臣。問：『誰是沈德潛。』沈跪奏：『臣是也。』上曰：『文成乎？』對曰：『未也。』上曰：『汝江南老名士，而亦遲遲耶。』翌日，授編修。」

這和當初王士禛接受康熙帝考察的記錄傳達出的同樣的信息在於：王、沈二人都是詩思遲滯的人〔註67〕，而這絲毫沒有影響皇帝對

〔註67〕昭槤《嘯亭雜錄》卷八記王士禛入選情形：「王文簡士禎，詩名重於當時，敷陳粉署，無所施展。張文端公英時值南書房，代爲延譽。

他們的提拔。康熙十七年（1678）正月二十二日，上召阮亭賦詩，二十三日即授翰林侍講；沈德潛應試「遲遲」，翌日即授編修，並很快遷升中允少詹事，典湖北鄉試，入上書房，再遷禮部侍郎。後來乾隆賜詩沈德潛揭示了其中秘密：「清朝舊名士，吳下老詩翁。向每誦新句，猶然見古風。」〔註68〕可以說乾隆對沈德潛的賞識是由來已久的，郭則澐《十朝詩乘》亦載：「沈歸愚未第時，高宗於《南邦黎獻集》中見其詩，即賞之。」《南邦黎獻集》是時任軍機大臣兼理侍衛內大臣的鄂爾泰刻於雍正三年（1725）的一本詩選，共十六卷。正是鄂爾泰悉心的尋訪，並獨具慧眼，將之推薦給了朝廷、才使得沈德潛有後來的奇遇。

三、以詩始，以詩終——沈德潛之結局

乾隆曾說：「朕與德潛，以詩始，以詩終。」〔註69〕一語成讖，這句話某種程度上預見了這對「殿上君臣，詩中僚友」的結局。

沈氏之受知緣詩，受辱也緣於詩，沈德潛後來爲乾隆帝嚴懲就因爲《國朝詩別裁集》案和徐述夔《一柱樓》詩案。其中《國朝詩別裁集》的問題有：錢謙益等「貳臣」位列前茅、「名教罪人」錢名世入選、體制錯謬等。沈德潛對詩集的編纂、對詩人的評價均是兢兢業業履行一個評詩者的職責，如令其受辱之錢謙益：「尚書天資過人，學殖鴻博。論詩稱揚樂天、東坡、放翁諸公。而明代如李、何、王、李，概揮斥之；餘如二袁、鍾、譚，在不足比數之列。一時帖耳推服，百年以後，流風餘韻，猶足讋人也。生平著述，大約輕經籍而重內典，棄正史而取稗官，金銀銅鐵，不妨合爲一爐。至六十以後，頹然自放矣。向尊之者，幾謂上掩古人；而近日薄之者，又謂澌滅唐風，貶之

仁皇帝亦素聞其名，因召漁洋入大內，出題面試之。漁洋詩思本遲滯，加以部曹小臣，乍睹天顏，戰栗操觚，竟不能成一字。文端公代作詩草，撮爲墨丸，私置案側，漁洋得以完卷。昭槤：《嘯亭雜錄》，中華書局1980年版，頁253～254。

〔註68〕余金：《熙朝新語》卷十，清嘉慶二十三年刻本。

〔註69〕《清史稿》卷三百五《沈德潛傳》。

太甚，均非公論。茲錄其推激氣節，感慨興亡，多有關風教者，餘靡曼噍殺之音略焉。」〔註70〕從明末詩風的流弊說起，評價虞山創作的得失客觀而中肯，並已刪除「靡曼噍殺之音」，沈德潛已盡了一個選詩評詩者的責任。可是朝廷的著眼點並不在詩之得與失，而在「其人既不足齒，則其言不當復存。」〔註71〕分歧產生在這裏。清廷對錢謙益的態度前後變化很大，清兵入關定鼎之時，統治尚未鞏固，朝廷是寬容的，「或有以字句過求先生（錢謙益）者，世祖嘗謂：『明臣而不思明者，即非忠臣。』大哉王言，聖朝不以文字錮人久矣。」〔註72〕可是，待三藩平定後，威斧互施，文字獄遂如雷霆勃發，乾隆更是詈罵錢詩文之「荒誕悖謬」，乃「狂吠之語」，而沈德潛竟敢於推許其詩，這樣與朝廷意志相左無疑是錯謬不堪。至於後來評價朝廷之「逆民」徐述夔「品行文章皆可法」就更是十惡不赦、不可謂「有人心者」矣。清廷對沈德潛作出了嚴厲的懲處：沈已死，奪其贈官，罷祠削謚，僕其墓碑。並痛下叱責：「伊自服官以來，不過旅進旅退，毫無建白，並未爲國絲毫出力，眾所周知！」〔註73〕「沈德潛並無爲國家出力之處，朕特因其留心詩學，且憐其晚成，……恩施至爲優渥，理應謹愼自持，勵圖報效，乃敢爲逆犯徐述夔作傳，視其悖逆之詞恬不爲怪，轉爲讚揚，實爲喪盡天良，負恩無恥，使其身在，必當重治其罪。……」〔註74〕

次年，高宗作《懷舊詩》，仍列沈其末，序云：「今作懷舊詩，仍列詞臣之末，用示彰癉之公，且知余不負德潛，而德潛實負余也。」《御製詩四集》卷五十九有詩云「……其選國朝詩，說項乖大義。製序正闕失，然亦無呵勵。仍予飾終恩，原無責備意。昨秋徐案發，潛乃爲傳記。忘國庇逆臣，其罪實不細。用是追前恩，削奪從公議。彼

〔註70〕沈德潛：《清詩別裁集》卷一。
〔註71〕《清實錄‧高宗純皇帝實錄》，卷一〇二二，乾隆四十一年十二月上。
〔註72〕鄒式金：《有學集序》，康熙十三年刻本。
〔註73〕《清史列傳》卷十九。
〔註74〕《清實錄‧高宗純皇帝實錄》卷一〇六九，乾隆四十三年十月下。

豈魏徵比，僕碑復何日？蓋因耄而荒，未免圖小利。設曰有心焉，吾知其未必。其子非己出，紈袴甘廢棄。孫至十四人，而皆無書味。天網有明報，地下應深愧。可惜徒工詩，行缺信何濟！」〔註75〕算是帝王對沈德潛這個文學侍從之臣的蓋棺定論。

清代為了鼓勵士子堅持參加科舉，對年老士子歷來有獎勵辦法：「會試年老舉人，年屆百歲以上者，請旨賞給國子監司業銜；年至九十五以上，賞給翰林院編修銜；九十以上，賞給翰林院檢討銜；八十以上，賞給國子監學正銜。」〔註76〕雍正年間還要求對年老士子「點名時，務飭員役妥為扶掖，以示體恤。」〔註77〕乾隆五十二年（1787），特賞給老舉人李宏道等編修、檢討銜。李時已九十九歲，餘者八十九歲以上者給檢討銜〔註78〕。沈德潛堅持赴科場近20次，且「屢進屢抑，確然自守，不怨不尤」〔註79〕，是一個絕佳的典範，乾隆帝對其獎賞恩寵，正如清末的有識之士所說的：「其事為孔孟明理載道之事，其術為唐宗英雄入彀之術，其心為始皇焚書坑儒之心。抑之以點明搜索防弊之法，以折其廉恥；揚之以鹿鳴瓊林優異之典，以生其歆羨。三年一科，今科失而來科可得，一科復一科，轉瞬而其人已老，不能為我患，……意在敗壞天下之人才，非欲造就天下之人才。」〔註80〕

沈德潛歸田後，聲望仍隆，稱「海內英雋之士皆出其門下」（《國朝漢學師承記》），其中最著名者屬「吳中七子「，而七子俱先後登第入仕，其中位最高而為人認定可持海內文柄、為群倫表率者，當屬王昶。官至刑部右侍郎的王昶，被乾隆帝評為「心存瞻顧」，「不能堅定，漫無主見」，（《清史列傳》本傳），詩藝也被譚獻《復堂日

〔註75〕《清史列傳》卷十九。

〔註76〕《欽定科場條例》卷五十三《年老舉人給銜》，清咸豐刻本。

〔註77〕《欽定科場條例》卷三十六《號軍》。

〔註78〕吳鼎雯《國朝翰詹源流編年》卷二，清乾隆刻本。

〔註79〕顧詒祿：《沈德潛自訂年譜序》，轉引自蘇州大學王妍碩士學位論文：《沈德潛詩歌研究》。

〔註80〕馮桂芬：《改科舉議》引饒廷襄語，《校邠廬抗議》，臺灣學海出版社影印本，頁55。

記》定爲「蘭泉（王昶號）宦成，詩學日退」。王昶的經歷更證實了這樣一個悖論：性謹厚庸懦者位通顯，官位助其登上詩壇盟主之位，儘管其未必是最優秀的詩人。至王昶仍時時與袁枚之性靈抗爭著，但是無論詩歌成就還是人品器識都無法追步其師的蘭泉，已經改變不了詩壇創作重心下移至草野、江湖間更多眞詩的局面了。

第三節　斂才就範　學人之詩——翁方綱與肌理說

一、翁方綱生平

翁方綱（1733～1818），字正三，號覃溪，順天大興人。「乾隆壬申進士，選庶吉士，授編修。擢司業，累至內閣學士。先後典江西、湖北、順天鄉試，督廣東、江西、山東學政。嘉慶元年，預千叟宴。同年，左遷鴻臚寺卿。十二年，重宴鹿鳴，賜三品銜。十九年，再宴恩榮，加二品卿，年八十二矣。」〔註 81〕《清史稿列傳》的短短數十字，記錄了翁方綱一生的榮耀。乾隆壬申年（1752），年甫二十即蟾宮折桂，成爲進士，館選成爲庶吉士。乾隆二十四年（1759）以二十七歲之齡出典江西鄉試，此後多次出典科舉，並於二十九年（1764）起連任廣東等地學政，一時成爲斯文領袖。翁方綱的一生，少年得志，科場揚名；宦海順遂，章臺走馬；風雅總持，追隨者眾；得享高壽，與鹿鳴宴。總之，幾乎享盡了一個傳統文人所能想像到的所有成功。作爲清代繼王士禛、沈德潛之後乾嘉間的詩壇總持，翁方綱的詩學理論和詩歌創作對當時詩壇有著舉足輕重的影響。嚴迪昌先生《清詩史》論及翁方綱，開篇即曰：「清代詩史上紗帽氣和學究氣融彙爲一，並被推向極致，從而使詩的抒情特質再次嚴重異化的代表人物是翁方綱。」〔註 82〕造成清詩的「紗帽氣」、「學究氣」以及「抒情特質」的異化的因素非常之多，除去翁方綱

〔註 81〕《清史稿列傳》卷四八五，臺北明文書局 1985 年版。
〔註 82〕嚴迪昌《清詩史》，頁 708。

主持詩壇領導詩風起的作用之外，乾隆二十二年科舉重行試律詩也是詩壇另一重大事件，並因此影響了清代詩歌的發展演進，試律詩的推行和翁方綱有千絲萬縷的關係，因此在這裏一併考察。

二、試律詩

（一）乾隆二十二年前詩賦取士情況

試帖詩始於唐，「試帖」一詞源於唐明經科考試時裁紙爲帖，而掩其兩端，中間但開一行，以試其是否通順，故曰試帖。進士科帖經被落，許以詩贖，謂之贖帖，並非以詩爲帖。毛奇齡有唐人試帖詩選本，以訛傳訛，後來紀昀撰《唐人試律說》，其名始定。

唐代以後試律詩在科舉中仍然佔有一席之地，北宋熙寧後元裕年間、南宋、遼、金的科舉考試往往都是詩賦、經義並行（金代有三十七年專以詞賦取士），只有元、明兩代不試詩賦。清承明制，鄉試、會試、殿試這三級最重要最基本的考試均不考試律詩，但除此以外，士人尚要參加其它各種考試，在清代前期，試律詩仍然是重要的考試形式之一。康熙十八年（1679）朝廷徵召博學鴻儒科，所試《璇璣玉衡賦》一篇、五言排律二十韻《省耕詩》一首。乾隆元年（1736）再召博學鴻詞科，第一場考詩、賦、論各一，次年補試者，二場仍然是詩、賦、論各一。而庶吉士館選及散館所試，詩律向來是考試內容之一。另外如翰林院內接受的大考，皇帝出巡召試等，詩、賦等多有所及，尤其是乾隆年間大考必有詩。可見清前期試律詩雖然不是最主要的考試內容，但仍然有相當的重要性。在康熙朝後期，康熙帝已經覺得科舉考試內容需要改革，有「減判增詩」計劃，康熙五十四年（1715），詔令科舉二場試加考五言六韻唐律一首。士人聞風而動，一時之間對試律的關注大大提高，僅一年之內，唐人試律詩選本就有吳學濂《唐人應試六韻詩》、臧岳的《唐詩類釋》、黃六鴻的《唐詩筌蹄集》、牟欽元的《唐試排律》、花豫樓主人的《唐五言六韻詩》等，次年毛張健又有《試體唐詩》等。乾隆加試律詩後，梁國治的《唐人五排選》、張尹的《唐人試帖詩抄》、鍾蘭枝的《唐人試帖箋釋》、周京、王鼎、胡鼎蓉合撰的《唐律清麗集》、沈廷芳選訂的《唐詩韶音箋注》、朱琰的《唐詩律箋》、秦錫淳的《唐詩試帖箋林》、張桐孫的《唐人省試詩箋》、李因培的《唐詩觀瀾集》等紛紛編纂出版，蔚爲大觀。

自康熙末年起統治者即醞釀科舉考試的改革，到了乾隆年間，終於有試律詩恢復之舉。這跟少數民族統治者特殊的心態有關，也跟乾隆帝個人的性情喜好有關。

（二）乾隆二十二年恢復試律詩

滿洲貴族自關外入主中原，面對源遠流長的漢族傳統文化，頗有兢兢業業、繼承振興的熱情。清代皇室接受著嚴格的儒家傳統教育，前期的幾位皇帝儒家傳統文化教養頗深，尤其是乾隆對詩歌文化有著格外濃厚的興趣。乾隆一生，詩歌創作數量驚人，《御製詩集》有 434 卷之多，五集收錄詩歌達 41800 首，連乾隆帝自也意識到「五集編成四萬奇，自嫌點筆過多詞」(《鑒始齋題句》)。此外《樂善堂全集》中尚有即帝位前所作 1034 首，定本時删減至一半。《御製詩餘集》還有退位後創作 750 首。三部詩集總數合計爲 43584 首〔註 83〕。這樣龐大的數字，確實是「自古詩人詞客，未有如是之多者」〔註 84〕。上有所好，下必盛之，一時之間，因爲科舉重文章而被忽略已久的詩歌隱隱有復興之勢。

清代經過康熙和雍正兩朝勵精圖治，國家蒸蒸日上，尤以乾隆二十年（1755）爲標誌進入全盛。是年準噶爾、回部諸役結束，西北邊疆之患一朝廓清，並開疆拓土多達二萬餘里，「東西視日，過無雷、咸鏡之方；南北建斗，逾黎母、呼孫之外。光於唐漢，遠過殷周」〔註 85〕，爲自古輿圖所未有。軍事勝利，經濟發展，乾隆帝志得意滿，自命爲

〔註 83〕孫丕任、卜維義：《乾隆詩選》，春風文藝出版社 1987 年版，前言。
〔註 84〕昭槤：《嘯亭雜錄》，卷一，中華書局 1980 年版，頁 26。
〔註 85〕洪亮吉：《乾隆府廳州縣圖志序》，《卷施閣文甲集》卷八，《洪亮吉集》第一冊，頁 177。

古來罕有的英明君主。武功既定，文治必行，統治者之「新的歷史時期文化統制、鉗制才思的特定需要」〔註 86〕，加上乾隆帝好大喜功的性格，配合他對詩歌的喜愛，於是乾隆二十二年正月的上諭云：

> 前經降旨鄉試第二場，止試以經文四篇，而會試則加試表文一道。良以士子名列賢書，將備明廷製作之選，聲韻對偶，自宜留心研究也。今思表文篇幅稍長，難以責之風檐寸晷，而其中一定字面，或偶有錯落，輒干帖例，未免費點檢，且時事謝賀．每科所擬不過數題，在淹雅之士，尚多出於夙構，而倩代強記之圖僥幸者，更無論矣，究非和實拔眞之道。嗣後會試第二場表文，可易以五言八韻唐律一首，夫詩雖易學而難工，然宋司馬光尚自謂不能四六，故有能賦詩而不能作表之人，斷無表文華贍可觀，而轉不能成五字試律詩。況篇什既簡，司試事者得以從容校閱，其工拙尤爲易見。其即以本年丁丑科會試爲始。〔註 87〕

試律詩披上了化育人才、陶冶性情道德的外衣鄭重恢復。

乾隆二十二年，會試加試試律詩，隨後，一系列科舉考試中均增加了詩歌的內容。二十二年四月，定自乾隆己卯科鄉試（乾隆二十四年）始，二場經文之外，加試五言八韻詩一首。連歲、科試也相應做了改革（歲科試三年兩試，針對已經取得生員資格的士人，歲科試關係到生員資格的去留，因爲歲考第六等會被黜革，而只有通過科試才能參加科舉）。乾隆二十三年議定，歲、科試俱增加五言六韻律詩一首，同時對詩作的重要性作了如下要求：「詩不佳者，歲試不准拔取優等，科試不准錄送科舉。」〔註 88〕不久後的乾隆二十五年，最基層的童試也議准兼作五言六韻排律詩一首，教官月課也需限韻課詩。從此，試律詩之試成爲科舉自下而上、一以貫之的基本內容。

乾隆二十五年（1760），乾隆帝與學政馮成修有一場「試律詩是

〔註 86〕嚴迪昌《清詩史》，頁 710。

〔註 87〕《清實錄．高宗純皇帝實錄》卷五三一，乾隆二十二年正月下。

〔註 88〕《欽定學政全書》，卷十四，臺北文海出版社 1968 年版，頁 280。

否必要」的辯論。馮認爲試律詩「僅尚詞華」，對此乾隆反駁道：若詩律「僅尚詞華」，則「前此表判，獨非駢體乎？試問表、判之詞華，較排律之詞華，孰難孰易？若如馮成修之議去詩，而將仍爲表、判乎？將仍表、判盜襲之風爲是乎？」認爲該議「必不可通」〔註89〕。經過與反對者的辯駁，乾隆帝更堅定了對試律詩的信心。乾隆四十七年（1782）下詔將二場排律移至頭場試藝後，並諭旨「若頭場詩文既不中選，則二、三場雖經文、策論間有可取，亦不准復位呈薦。」〔註90〕至此，試律在科舉中的作用舉足輕重，遂令天下士人翕然向之。

（三）試律詩重行對詩壇的影響

1、恢復試律前士人對詩歌的態度

乾隆二十二年的重行試律詩對之後清詩的發展特點的形成具有決定性的意義，蓋因科場之文乃天下風俗所繫，所收者士人則莫不以爲法，所棄者則莫不以爲戒。恢復試律詩之前，科場以時文爲重，詩賦即使能陶冶性情，因妨礙舉業，被人視爲窮家之具而避之不及。當時多有記載詩歌爲人所棄的情形，如施閏章《汪舟次詩序》云：「嘗見前輩言，隆、萬之間，學者窟穴帖括，捨是而及它文辭，則或以爲廢業；比其志得意滿，稍涉聲律，餘力所成，無復撿括。」〔註91〕

陳維崧《陳迦陵文集》卷一《徐唐山詩序》引徐唐山言，用誇張的類似小說家的手法將詩歌描寫爲洪水猛獸，以見出明代專試時文時詩歌的慘淡遭遇：

> 昔予之爲詩也，里中父老輒譙讓之，其見仇者則大喜曰：夫詩者，因能貧人賤人者也。若人而詩，吾知其長貧且賤矣。

〔註89〕章中和：《清代考試制度資料》，臺北文海出版社1968年版，頁49。

〔註90〕《欽定大清會典事例》，上海古籍出版社1995年，續修四庫史部，798冊，卷三三〇。

〔註91〕施閏章：《學餘堂集》文集卷五詩文序，清文淵閣四庫全書本。

> 及遇親厚者，則又痛惜之。以故吾之爲詩也，非惟不令人知也，並不令婦知。旦日，婦從門屏窺見余之側弁而哦，若有類於爲詩 ，則詬厲隨焉，甚且至於涕泣。蓋舉平生之偃蹇不第，幽憂愁苦而不免於飢寒，而皆歸咎於詩之爲也。

一些喜愛詩歌的士人只能秘密地學詩。陳子龍稱少時喜詩，但「是時方有父師之嚴，日治經生言。至子夜人定，則取樂府、古詩擬之。」〔註 92〕學成之後，亦罕有和者：「崇禎之末，言帖括者詩不工，然亦無正言詩者。華亭陳臥子（陳子龍）先生，遂與其同黨言詩。當是時，先生仕吾郡（指紹興），漳州黃宗伯（黃道周）過之，偕郡士人登會稽山，顧座中賦詩，無能者，即他日索之座之外，無能者。」〔註 93〕這些序文中所描述的情景也許有誇張的成分，但科舉是天下士人的命脈，科舉不試詩賦，則詩賦地位自然無法與時文八股相提並論，這種情況一直到了明亡才有所改觀。明亡以後，眾多的士人出於民族氣節，放棄科舉，轉而攻詩，以之爲人生之寄託。朱鶴齡《傳家質言》云：「詩賦一道，余本無所能，惟少時讀《離騷》、《文選》。喪亂之餘，既廢帖義，時藉以發其悲憫。」〔註 94〕毛奇齡也說：「今之爲詩者，大率兵興之後，擊去科舉，無所挾摛，而後乃寄之於詩。」〔註 95〕因此明亡清興之際，形成了詩歌史上的一個創作高潮——遺民詩潮。

清初科舉復興之後禁詩的情形跟從前相似。吳昌祺《刪定唐詩解序》云：「予年十三與宋子楚鴻同硯席，其尊人秋士先生喜作詩，和唐人幾遍。予亦竊習焉，爲七言律絕數首，先嚴怒禁勿許，俾專治制義小品，爲應試也。」〔註 96〕又如毛張健《試體唐詩序》說：「近代制科專尚時文……特爲功令所束，不得不殫其心力於斯。間有一二瑰異之

〔註 92〕陳子龍：《彷彿樓詩稿序》，《安雅堂稿》卷三，遼寧教育出版社 2003 年版。

〔註 93〕毛奇齡：《雲間蔣曾策詩集序》，《西河文集》序三。

〔註 94〕朱鶴齡：《愚庵小集》附，上海古籍出版社 1979 年版。

〔註 95〕毛奇齡：《王鴻資客中雜咏序》，《西河文集》序十。

〔註 96〕吳昌祺：《刪定唐詩解》序言，康熙四十年刻本。

士欲從事於詩者，父兄必動色相戒，以爲疏正業而妨進取。」〔註 97〕這種局面到了乾隆二十二年恢復試律詩之時有了根本的改變。

2、恢復試律詩後士人的態度

朝廷重行試律詩之詔令甫出，即有士人響應曰：「詩學宜急講也。國朝取士，八股之外，最重律詩。迨登第後，月課散館大考，則置八股不用，惟試詩賦，一字未調一韻未叶，即罷斥不用，何等干係，諸生童可毋急學之哉？」〔註 98〕葉葆亦云：「功令所昭特嚴，磨勘聲律之細與制藝文等重，使非格律穩諧有合體制難冀入彀，則詩學可弗亟講歟？」〔註 99〕事關「取士」、「入彀」，汲汲於科場的士人自然會望風而動，這一點周作人曾在研究試律時指出：「中國向來被稱爲文字之國，關於這一類的把戲的確是十分高明的，在平時大家尚且樂此不疲，何況又有名與利的誘引。哪裏會不耗思殫神地去做的呢？」〔註 100〕

重新確立詩賦取士制度之後，士人頗有喜動顏色者，連崇尚性靈的袁枚也表示歡迎，認爲這會有利詩歌、有利自己：「聖主崇詩教，秋闈六韻加。今年得科第，比我更風華。」〔註 101〕大批試律著作的編纂出版均包含了清人藉此契機振興詩歌的期望。試律詩恢復後最先編選試律詩選本的是紀昀和翁方綱，紀昀有《唐人試律說》、《我法集》，翁方綱有《復初齋試律說》，繼他們之後，選詩範本層出不窮，如王芑孫有《九家試律》，該九家爲吳錫麒《有正味齋詩》，王芑孫《芳草堂試律》，法式善《存素堂試律》，梁上國《芝音閣詩》，雷維霈《知不足齋試律》，王蘇《桑寄生齋試律》，李如筠《蛾術齋試律》，何元烺《方雪齋試律》，何道生《雙藤書屋詩》，這九家中大多爲乾嘉間名

〔註 97〕毛張健：《試體唐詩》序言，康熙五十六年刻本。

〔註 98〕程含章：《教士示》，《程月川先生遺集》，卷七，叢書集成續編本。

〔註 99〕《清朝文獻通考》卷五十一，萬有文庫本。

〔註 100〕周作人：《關於試帖詩》，《宇宙風》1937 年 27 期。

〔註 101〕袁枚：《香亭自徐州還白下將歸鄉試，作詩送之》，《小倉山房詩集》卷十五。其實當時鄉會試的試帖詩爲八韻，童試和歲科試才是五言六韻，故而「秋闈六韻加」句有誤。

詩人。此後又加汪如洋的試律詩稱「十家」。另外還有「七家」及「後九家」之說等。試律選本之繁盛帶來了詩人詩作的勃興，路德云：「自是以還，海內詞人騷客不復輕視帖體，巧心妍手，齊鶩並馳，各出神思，自成馨逸，工此體者不知幾千百家。」〔註 102〕任聯第云：「我朝試帖著爲功令，學者童而習之，自鄉會以至詞館諸公莫不潛心致力於此，是以名流輩出，遠邁前人。」〔註 103〕浸淫此道的人多了，試律的水平也確實超過唐人，清人每爲此自詡，甚至有將試律推許爲我朝之勝者。謝章鋌云：「筆墨雖小道，一朝各有一朝之勝，若世所謂唐詩、晉字、漢文章者，顧是三者不專用於科舉，其專用科舉而擅場，莫與今者，則明之制義，國朝之試帖詩也。」〔註 104〕倪鴻云：「文章代興而必有獨擅其勝者，秦以前勿論，漢以文，晉以字，唐以詩，宋以語錄，元以詞曲，明以制藝，至我朝則考據之學跨越前古，試律又其最也。」〔註 105〕歷史上科舉應試的文字數量龐大，但一直難登大雅之堂，人們津津樂道的往往是那些最「不像」應試文的作品，如唐代祖詠的應試詩《終南望餘雪》等。但在清代，試律竟被推許爲一代之勝，可見清代試律詩確有其過人之處，亦說明科舉在清人心目中的意義之重大。

3、試律詩與清詩質量

試律詩的質量能否代表清詩的質量，試律詩的繁榮是否象徵著詩歌的全面復興，似乎並不能簡單地得出這個結論。考察試律詩的歷史意義，須先瞭解試律詩的特徵。作爲一種應試文學，試律跟眞正的詩歌表情達意的功能相去甚遠，相反，跟士人憎惡的八股時文之間反而有諸多息息相通之處。其命題和寫作之時限制甚多，動輒掣肘，以下

〔註 102〕路德：《與謝芝岫秀才書》，《檉華館全集・駢體文》，續修四庫本。
〔註 103〕任聯第：《七家詩帖輯注彙鈔序》，王植桂《七家詩帖輯注彙鈔》卷首，同治六年刻本。
〔註 104〕謝章鋌：《賭棋山莊文續集》卷二，光緒十八年刻本。
〔註 105〕倪鴻：《試律新話》（自序），同治十二年刻本。

僅舉其犖犖大者來考察。

首先，試律詩題所限極多。詩題多出於經史子集，內容可分爲這麼幾種：一、歌功頌德之意。如乾隆二十五年會試詩題「王道蕩蕩」，乾隆二十六年之「下車泣罪」，嘉慶十年之「我澤如春」，道光十五年之「王道平平」等，都是直接頌聖的主題，還有一些寫景狀物的，無疑也要歸結到頌聖才能符合聖意，如嘉慶六年會試之「天臨海鏡」，嘉慶二十五年之「惠澤成豐歲」等；二、有關君子之德、吏治之道。如乾隆二十二年會試之「循名責實」，乾隆二十八年會試之「從善如登」，乾隆五十三年順天鄉試之「六藝道德本」，道光十二年會試之「以禮制心」，道光十四年順天鄉試「吉人辭寡」，道光二年朝考「君子比德於玉」等；第三種是風光景物，其中多有以唐宋名句直接命題的。如乾隆五十四年會試之「草色遙看近卻無」（韓愈句），道光十七年順天鄉試之「窗中海月早知秋」（皇甫冉句），嘉慶十九年散館詩題之「寒山晴後綠」（賈島句）等〔註 106〕。這些詩題中一些可以附和到第一或第二類，有些則近似純粹的寫景狀物之題。當然，對試律詩而言，結尾一定要歸到頌聖之意，加一個堂皇的尾巴。此外還有一些關乎時政的詩題，如梁章鉅記錄的乾隆甲辰南巡召試詩題「南坍北漲」，因其時乾隆帝閱視海塘，「題意爲塘工祝固也」；嘉慶間，大考詩題爲「春風扇微和」，緣是時河工適報淩泛安瀾，又逢元旦瑞雪，亦緣舉行大閱禮，並逢親祭朝日壇，「皆關切時事，合頌揚之體也」〔註 107〕。

作爲衡文選才的工具，試律詩的天生使命就是爲統治階級的文治之功服務。試律詩題當然首當其衝要體現統治階級所需的思想道德，因此詩題一般出自四書五經，須正大典雅，尤其是清代文字獄肆虐，命題更有其嚴格的規矩。清人對唐代應試詩題多有微詞，如唐有《李都尉重陽日得蘇屬國書》詩題，紀昀稱：「重陽得書，此事不省出何

〔註 106〕詩題見梁章鉅《試律叢話》，《梁章鉅科舉文獻二種校注》，武漢大學出版社 2007 年版，頁 543～550。
〔註 107〕《梁章鉅科舉文獻二種校注》，頁 623。

書，亦不省命題何意。」毛奇齡亦認爲該詩題無考，則「事不可解」，而且「唐人以小說家事命題，宜爲議貢舉者所薄視也。」〔註 108〕種種繁瑣的規定下，可供選擇的題目往往有限，於是出現了某些詩題反覆使用的現象，如「循名責實」，分別爲乾隆二十二年丁丑科、道光十二年壬辰科會試詩題、乾隆五十年大考翰詹詩題；「春雨如膏」分別爲嘉慶元年丙辰科會試、乾隆二十七年浙江召試題、嘉慶三年大考翰詹題；「石韞玉」連續在乾隆五十二和五十四年爲散館詩題；「和闐玉」爲乾隆二十二年和五十八年散館詩題；「清如玉壺冰」爲嘉慶十三年戊辰科順天鄉試詩題，「玉壺冰」爲乾隆十三年戊辰科朝考詩題等。乾隆二十四年（1759），乾隆帝決定在鄉試中恢復試律詩，翁方綱與江西鄉試主考官錢維城一起命題，二人手中各握一紙，相互出示，詩題竟都是「秋水長天一色」，翁方綱認爲「錢與予之心眼相協更深矣」〔註 109〕，其實這正是試律命題的思路狹窄之一證。

其次，試律用韻在清代也漸趨嚴格。唐代詩賦取士，雖有用韻限制，但目的更多是爲了防止預作或抄襲，限韻亦不算苛刻，舉子往往可以在數個韻部之間選擇。宋初試五言六韻詩一般採用「以題字爲韻」，熙寧變法時一度取消詩賦取士制度，到哲宗元祐四年（1089）恢復後，對平仄韻有了進一步要求，體現出科舉制度的嚴格化。清代重行詩賦取士後，對士子用韻進一步嚴格化，更多地成了一種增加考試難度的手段。據楊春俏統計，清代的限韻嚴格表現有：一、韻字需雅馴。考試前一天，主考方才按照命題時所限韻部選韻，須得刪去該韻部中的奇險之字，選取雅馴之字，然後臨時印刷，臨場頒發。二、韻字的出處有講究。可能與題意相關，可能與題目出處有關，這就考察了士子的知識面，如果不知道典故，往往寫不了合格的應試詩〔註 110〕。不僅如此，清代試律詩發展到後來，

〔註 108〕《梁章鉅科舉文獻二種校注》頁 575。

〔註 109〕翁方綱：《翁氏家事略記》，吉林英和刻本，道光十六年。

〔註 110〕楊春俏：《清代試帖詩限韻及用韻分析》，《山東師範大學學報》2009

有追求窄韻與險韻的傾向，可供選擇的字很少，同時又要注意用字的雅馴，還追求詩歌整體風貌的和諧統一於莊重典雅、溫柔敦厚，在很短的時間內達到這許多要求，確乎有一定難度，知名的詩人也有出韻的危險。清代高心夔朝考時十三元韻錯了，為此被列入四等。過了不少年，又遇朝考，又因用錯十三元韻，被列入四等。後作詩解嘲，其中有句云：「平生雙四等，該死十三元。」〔註111〕

此外還有規定如得字官韻必須在首聯押出，不得更換。在用韻上還有「八戒」之說，指出韻、倒韻、重韻、湊韻、僻韻、啞韻、同義韻和異義韻，最忌湊韻、襯韻、牽強、拙滯等，為了限韻而限韻，翁同龢云「一韻之失，一字之病，往往擯抑真材而不惜」〔註112〕，人才和用韻孰輕孰重？清代的做法有點本末倒置的意味。

除了用韻嚴格，試律尚有其它許多定法。作詩之時，須先辨體，次審題，次命意，次布格，次琢句，次煉氣，次煉神。商衍鎏先生對其詳細記錄，點題之法如「題目之字，必在首次兩聯點出。首聯或直賦題事，或藉端引起，若藉端則次聯宜急轉到題，出題太緩，將使人不知為何題也，全題字眼，於此全見。亦有題字太多不能盡出者，必擇其緊要字點明，務使題意了然。三聯以後不再見題字矣」；言語亦須有度，言必莊雅，絕忌纖佻，「閨房情好之詞，里巷憂愁之作，不容一字闌入」；試律之結構略同八股，起承轉合之間均有法度，「首聯名破題，次聯名承題，三聯如起比，四五聯如中比，六七聯如後比，結聯如束比。……相題立局，不可淩亂，皆與八股相似也」；結聯往往用頌揚語，遇冠冕題並有全首用頌揚體者，「頌揚語或單擡或雙擡，貴合體制，總須在本題上生情，不可與題毫無干涉」；稍有不慎，即犯忌諱，「試律生色，全在對仗用典，倘不得宜，即成瑕疵。失黏出韻，誤解

年第6期。

〔註111〕見鄧雲鄉：《清代八股文》，河北教育出版社2004年版，頁161。

〔註112〕翁同龢：《虞山七家試律鈔・序》，錢祿泰輯，同治十二年常熟錢氏刻本。

題旨，句意沉晦，詞字輕佻，固所應忌，若借字爲對，……科場亦屬不宜」等〔註 113〕。梁章鉅也以自己擔任考官的經歷提醒舉子，「應試體最宜吉祥，凡字不雅馴，典非祥瑞者，斷不可輕涉筆端。余己卯分校粵闈，詩題係『山崇川增』，有反用崩騫而被黜者，有韻押滄桑而不錄者，至於傷時慨世及魂、鬼字，雖懷古題亦宜斟酌用之。」〔註 114〕

種種繁瑣的規定，幾乎跟八股文如出一轍，蔣寅的《起承轉合：機械結構論的消長兼論八股文法與詩學的關係》將二者作了全面的考察〔註 115〕，認爲試律詩從本質上來講跟八股文有共同之處，以至於有人直接將詩稱爲「七字時文」者〔註 116〕。葉葆《應試詩法淺說》云：「初學習文，其於破題、承題、前比、中比、後比、結題等法講之久矣，今仍以文法解詩，理自易明。」試律之法同於八股，已屬確論不磨。

清人每以國朝試律成就而自豪，但其推崇往往言過其實，不外乎對技巧的渲染。比如清人每每將清代與唐代同題詩作對照講解，言語間流露出對我「國朝試律」的自信得意，翁方綱曰：「凡詩、文、詞皆今不如古，唯今人試律實有突過古人者。非古拙而今工，實古疏而今密，亦猶算術、奕藝皆古不如今也。即如唐人喻鳧《春雨如膏》詩，通篇皆春雨套詞，並不見如膏之意，而嘉慶丙辰會試此題詩，則於如膏意無不洗發盡致者。且『膏』字必作去聲讀，此尤唐賢所不及知也。」〔註 117〕喻鳧詩爲「冪冪斂輕塵，濛濛濕野春。細光添柳重，幽點濺

〔註 113〕 商衍鎏：《科舉考試述錄及有關著作》頁 262～264。

〔註 114〕 《梁章鉅科舉文獻二種校注》，頁 629。

〔註 115〕 《文學遺產》1998 年第 3 期，後收入其《古典詩學的現代論釋》，中華書局 2003 年版，頁 100～121。

〔註 116〕 王應奎《柳南隨筆》卷二記載：「邑諸生王某，與錢木庵良擇友善，見木庵工吟詠，王亦間倣之。一日，木庵過其居，適几上有所作詩，方欲取視，而王藏去不肯出，木庵問是何著作，王不對，木庵笑曰：『吾知之矣，此必七字時文也。』噫！今之秀才，撐腸無字，漫學婆和，其不爲七字時文也者幾希。」

〔註 117〕 《梁章鉅科舉文獻二種校注》，頁 557。

花匀。慘淡游絲景，陰沉落絮辰。回低飛蝶翅，寒滴語禽身。灑岳催餘雪，吹江疊遠蘋。東城與西陌，晴後趣何新。」在清人看來，喻鳧此詩作爲試律作品，是無法與今時相比的。首先就以詩藝來說，審題不愼，通篇未及「如膏」之意；其次，「慘淡」、「陰沉」這樣的詞眼是不適合出現在應製作品中的；另外，「陰沉落絮辰」句中不避重韻；最後，此詩作爲應制體，不夠正大典雅，只可稱清新明麗而已。再反觀紀昀的《恭和聖製賦得春雨如膏得訛字符韻》：「黍苗陰雨膏，讀字自唐訛。（謹案：唐喻鳧此題試帖已誤作平聲）訓詁非因舊，聲音並轉佗。寧知津滲漉，乃釀氣沖和。物以無聲潤，云宜有滂歌。麥禾胥茂豫，花柳亦婆娑。芳隴圖堪畫，新晴句細哦。春霖霑既渥，秋稼獲應多。四野歡謳遍，宸衷慰若何。」〔註118〕題目規範，有「賦得……得某韻」字樣，首聯破題，追溯至唐，次聯傳承而下，三四聯起轉入對春雨如膏的描寫，措辭典雅麗則，由春雨想到秋獲，自然引出頌聖主題。全章之法，由淺入深，由虛及實，有縱有擒，有賓有主，的確是一首優秀的試律詩。該詩的作者紀昀，屬恢復試律後闡釋最力者，他以自科場沉浮的經驗先後撰著有《唐人試律說》、《庚辰集》和《我法集》三部著作。梁章鉅評價云：「先讀紀文達師《唐人試律說》，以定格局；其花樣則所選《庚辰集》盡之；晚年又有《我法集》之刻，其苦心指引處，尤爲深切著名。時賢所作，驚才絕艷，盡有前人所不及者，而扶質立幹，不能出吾師三部書之範圍也。」〔註119〕評價甚高。就紀昀的擬作來看不爲過譽，其試律詩在詩藝方面確實有精深獨到之處。究其實，試律詩這種應試文體，當然不能如其它詩歌那樣直抒己見，議論宏遠，褒貶盡情，諷刺任意，「揆之興觀群怨，風雅比興之義，多有未合。」〔註120〕在這樣的限制下，作詩均須「斂才就

〔註118〕紀昀：《紀文達公遺集》，詩集卷四御覽詩，清嘉慶十七年紀樹馨刻本。
〔註119〕梁章鉅：《退庵隨筆》卷二十一，續修四庫本。
〔註120〕商衍鎏：《科舉考試述錄及有關著作》，頁262～264。

範」〔註 121〕，必然導致個人性情面目的喪失，而這也是詩美的損失。清代路德的試律被人評爲「實能奄有諸家之美」而評價甚高，正是在於其「不事組織，專寫性靈，在七家中爲別調。」〔註 122〕先前贊頌過試律詩的袁枚很快就意識到了試律詩與性靈之間的本質衝突，在《隨園詩話》卷七，他明確指出試律詩之定題與「我」之間的矛盾：「漢魏以下，有題方有詩，性情漸漓。至唐人有五言八韻之試帖，限以格律，而性情愈遠；且有『賦得』等名目，以詩爲詩，猶之以水洗水，更無意味。從此，詩之道每況愈下矣。」

清人對其試律詩成就引以爲榮，致有「驚才絕艷」、「一代之勝」之評，但是試律詩與詩歌之間無法劃等號，士人寫作試律純粹爲了應試，試律詩跟八股文一樣是塊敲門磚，是種干祿之具。作爲一個狀元，韓菼對試律詩的看法頗有發言權，《有懷堂文稿》卷三《徐大臨詩序》云：「詩莫盛於唐，而應舉之詩之工者亦罕矣。其傳者率興寄高遠，即目以自鳴，不假是以梯榮，特激於其才之不能忍而然也。」

如呂留良《今集附舊序》又云：「今日文字之壞，不在文字也，其壞在人心風俗。父以是傳，師以是授，子復爲父，弟復爲師，以傳授子弟者，無不以躁進躐取爲事。躁進躐取，則不得不求捷徑，則斷無出於庸惡陋劣之外者。聖人之言曰：性相近，習相遠。子弟之初爲文，未有無性者也。教之者曰：此轉苦不合，此語苦不熟；此一筆太遠，此一解太高；此一字一句未經諸貴人用。凡室中有光頭線裝書，一切戒勿觀，朝而鋤，夕而燒剃之，不至於庸惡陋劣焉不止。未幾而揣摩成，以取甲乙如拾遺也。」文字之壞就因爲科舉之文、之詩不用以抒發性情，而徒爲干祿之具，則「所以爲詩者非詩之本，而所爲文者非文之本，工巧愈窮，而其失愈遠。」〔註 123〕因此不能輕易下結論說清詩的繁榮是試律詩重開所致。清詩的繁榮有其自身的規律，跟

〔註 121〕《梁章鉅科舉文獻二種校注》，頁 611。
〔註 122〕《梁章鉅科舉文獻二種校注》頁 652。
〔註 123〕張履祥：《答唐灝儒》，《楊園先生全集》卷四。

重行試律詩之間並不呈現一致性。

4、試律詩的積極作用

試律詩雖然有如此之多的弊端，但並非一無是處，即以屢受批判的八股文而言，也對作詩有積極的借鑒意義。王士禛《池北偶談》記載：「予嘗見一布衣，盛有詩名，而其詩實多有格格不達處。以問汪鈍翁，汪云：此君坐未解爲時文故耳。時文雖無與於詩古文，然不解八股則理路終不分明。近見王輝《玉堂嘉話》一條云：『鹿庵先生言作文字當從科舉中來，不然而汗漫披猖，是出不由戶也。』亦與此意同。」〔註 124〕王士禛詩作講究沖融淡遠，令人含咀不盡，但卻並不反對通曉時文，相反他自就是一個時文高手，梁章鉅評其八股「安閒古雅」、「湛深經學，又精於時文之法。」〔註 125〕而作詩講「性靈」的袁枚，同樣時文也十分出色，梁章鉅《制藝叢話》說他「袁簡齋枚雄於詩文，不愧才子之目，而時文尤健。……而是何意態雄且杰」，接著又盛贊他「泛濫百家，洞燭古今」，「字字怵心劌目，可爲急仕者箴規。」〔註 126〕瞭解這些，在讀者玩味「神韻」、「性靈」詩說之時，可以有更全面的理解。

回顧前面所舉的試律詩題，「寒山晴後綠」、「窗中海月早知秋」等尚可以寫出一篇有詩美的試律，但「循名責實」、「凡百敬爾位」（道光二十五年乙巳科會試題）等恐實難敷衍出詩歌的韻味，更何況種種繁文縟節，和必須的那個頌聖的尾巴等約束。試律詩的思想內容等也許乏善可陳，但是清人對詩藝孜孜不倦地鑽研，使得清詩在中華數千年傳統詩歌的末期結出了豐碩的成果，使詩人對詩藝的追求上了一個更高的臺階，這也是試律詩的功績。試律詩的功與過是一個極爲複雜而豐富的課題，鄭州大學鄭選公先生提出了「官人文學」的概念，所謂「官人文學」，即指舉子爲舉業而創作的詩賦策

〔註 124〕《梁章鉅科舉文獻二種校注》，頁 42。
〔註 125〕《梁章鉅科舉文獻二種校注》頁 204。
〔註 126〕《梁章鉅科舉文獻二種校注》頁 244～245。

論等等作品，其數量之大令人難以想像，其中未必沒有質量很高的作品，這些作品「陣容強大，蘊藏豐厚。這裏有現象也有本質，有形式也有內容，有功利也有理想，有動機也有效果，有傳統也有變異，有汪洋也有流派，有強音也有遺響……它們所曾給予中國人生活的影響不比任何其他『文學』種類遜色，理應成爲我們今天文學研究的重要對象之一。」〔註 127〕此言良是。

三、肌理說與試律詩

翁方綱成進士在乾隆十七年，乾隆二十二年恢復試律詩，二十四年翁方綱出典江西鄉試，嚴迪昌先生認爲「風氣經他而熾盛」〔註 128〕。此後覃溪長期擔任考官或學政，確乎與推動試律詩關係頗大。其一生詩學理論要點在「肌理」二字，學界研究「肌理說」成果卓著，但就翁方綱其人、其詩、其詩學理論與試律詩之間的關係還值得更深入的研究。

翁方綱年甫二十七歲即典鄉試，這是乾隆二十四年的事。這段時間內科場最重大的改革莫過於兩年前的恢復試律詩。試律詩在史上曾是科場命脈所繫，但不爲人重視久矣。乾隆二十二年（1757）的詔令突如其來，再經過兩年的醞釀，二十四年己卯科鄉試是重試試律詩的第一屆鄉試，其重要意義不容忽視，而翁方綱恰在此時出典鄉試，考官在主持科舉、衡文選才的同時，對風氣的推動作用是決定性的，這一點從翁方綱同時期的一批考官身上可以得到佐證。乾隆年間，科舉選拔出來一批後來的著名學者，他們出任考官，擔任學政，選拔人才，培養人才，他們的一舉一動關乎著天下文風詩風的走向，如王鳴盛、紀昀、朱筠等學者官員就與乾嘉間的漢學復興、考據風熾並滲透進詩歌創作等有重大聯繫。

乾隆十七年起，紀昀、王鳴盛、朱筠及錢大昕等陸續擔任各省鄉

〔註 127〕《鄭州大學學報》（哲學社會科學版），1997 年 11 月第 6 期。

〔註 128〕嚴迪昌：《清詩史》，頁 711。

試或會試考官，同時他們也出任各地學政，這幾位都是乾隆間著名學者，他們的好尚就是選拔具有考據之能的士人，通過他們的培育和選拔，對乾嘉學風的形成功不可沒。王昶得孫嘉樂、馬會曾、吳與宗和黃楷等人，紀昀選拔了洪亮吉，朱筠於乾隆二十六年充恩科會試同考官，所得有陸錫熊、蔣雍植、鄒玉藻、任大椿等，錢大昕則收錄了邵晉涵、潘庭筠等傑出士人，這些選拔出來的士人與師友、弟子再通過撰著和新一輪的選拔，逐漸形成一張巨大的網絡，振興了乾嘉年間的學問。科舉取士在清代紀律極爲嚴格，實行糊名製，並另請人重新謄寫試卷，內容是一成不變的八股文，但是考官仍然能以自的標準影響選士。從此靡然從風，　而俗習一變，「於是四方才略之士挾策來京師者，莫不斐然有天祿石渠、句墳抉索之思，而投卷於公卿間者，多其詩賦舉子藝業，而爲名物考訂與夫聲音文字之標，蓋駸駸乎移風俗矣。」〔註 129〕

考官、學政是首先附和統治者用人需要，通過主持科舉對天下學風、士風進行引導和推動，就詩風而言，論及學人之詩的發展，則不可不提翁方綱的大力提倡。朱筠與王昶長期官居高位，主持一方風雅，爲人所更多提及的是他們的幕府人才之盛，以及他們的治學之功。紀昀則在四庫書館十數年慘淡經營，雖然在試律詩的詩藝探討方面貢獻頗多，但論及乾嘉詩壇，翁方綱是繼沈德潛之後當仁不讓的詩壇總持，則翁方綱對試律詩的推動、對乾嘉間詩風的走向影響當屬最大。乾隆二十二年二月上論曰：「邊方北省，聲律未諧，騍押官韻，恐不能合有司程序。可論主考及分校各官，今科各就省分，酌量節取，不必繩以一律。至下科會試時，則三年之功，自宜研熟，不妨嚴其去取矣。」〔註 130〕朝廷對試律的要求漸趨嚴格，這時士人迫切需要一位作詩的教官，一本作詩的教材，以宣揚試律標準，普及作詩之法，

〔註 129〕章學誠：《周書昌別傳》，《章氏遺書》卷十八，商務印書館民國 25 年版（1936）。

〔註 130〕《〈清實錄〉科舉史料彙編》頁 357。

這樣的重任落到了翁方綱肩上。

翁方綱乾隆十七年（1752）年僅二十即成進士，乾隆二十四年三月，乾隆帝出題《富而可求也，館人求之弗得》，翁方綱賦得「披沙揀金」，列一等五名，六月即被任命爲江西鄉試副考官，從此開始了主持衡文取材的考官生涯。乾隆二十九年（1764）起翁方綱連任廣東學政，前後達八年，依照國家的取士標準開始培養人才。試律詩恢復後最先編選試律詩選本的是紀昀和翁方綱，紀昀有《唐人試律說》、《我法集》，翁方綱有《復初齋試律說》，繼他們之後，選詩範本層出不窮。他們對清代試律詩的繁榮有導夫先路的開拓之功。繼沈德潛之後，作爲名滿天下的詩壇總持，翁方綱一生詩學的最突出貢獻之一就是其詩學理論「肌理說」，那麼該詩說的具體內涵是什麼，與試律詩之間有些什麼淵源，值得深入考察。

「肌理」論詩，學界一般同意其內涵指詩歌之義理與文理，所謂義理，指言之有物，指「合乎儒家道德規範的思想與學問」；文理爲言之有序，爲作詩之法〔註 131〕。關於詩歌之義理，作爲詩人的翁方綱在貫徹詩教之路上走得格外的遠。翁方綱曾就「理」的確切含義與戴震展開辯論，維護程朱理學至高無上的官方意識形態地位，並試圖肅清某些離經叛道的思想。在文學領域，爲維護儒家詩教不墮，翁方綱一再就闡發肌理說之際強調世教人心之旨。與前期的神韻說、格調說相比，翁氏之肌理說更強調溫柔敦厚的詩教，「詩者，忠孝而已矣。」〔註 132〕在《杜詩「熟精文選理」「理」字說》中又說：「天下未有捨理而言文者，且蕭氏之爲《選》也，首原夫孝敬之準式、人倫之師友，所謂『事出於沉思』者，惟杜詩之眞實足以當之，而或僅以藻繢目之，不亦誣乎？」〔註 133〕其《復初齋詩集》多

〔註 131〕袁行霈主編《中國文學史》，第八編《清代文學》，高等教育出版社 1999 年版，頁 382。

〔註 132〕翁方綱：《七言詩三昧舉隅》，丁福保：《清詩話》，上海古籍出版社 1978 年版（附錄《漁洋詩髓論》）。

〔註 133〕翁方綱：《復初齋文集》卷十，清光緒三年刻本。

達 70 卷，再加上繆荃孫所輯的《復初齋集外詩》24 卷，從中幾乎沒有一首像樣的反映民生疾苦的詩 —— 這是與他所崇敬的杜甫相去甚遠，與他同時代的絕大多數詩人大不相同，甚至與他前輩的侍從文人、詩壇主盟王士禛和沈德潛也不同。王士禛生活於明末清初，詩中可見到故國之思、興亡之慨以及與遺民交往的情誼。距離翁方綱不遠的沈德潛雖然同樣宣揚詩教，倡導溫柔敦厚，但是詩裏有興觀群怨，有反映民瘼之作。覃溪詩集多達 94 卷，卻難覓民生之歎。其詩中最常見的題目不外乎畫圖、拓本、摩崖石刻，連常見的「獨坐」、「夜思」之類題目也少。偶然寫到民間的《春耕行二首》之一：「白雲山足雲一同，菖蒲綠過蒲磵東。什什伍伍蘆管唱，祝田語交楊柳風。」〔註 134〕讀來純似世外桃源情景。為有補於世道人心，「因文扶樹道教」(《石洲詩話》)，為了詩歌思想內容不違背朝廷意志，翁方綱欣賞在詩中作連篇累牘的考據工作，卻反對個人的獨立見解，因此翁方綱的詩讀下來後最強烈的感覺是難以捕捉到他「這個人」的性情。也許因為少年得志，一生都可稱順利使他對乾隆盛世充滿了衷心的擁戴，使他無暇得見民生疾苦。翁方綱甚至敏感到了連詠史詩也認為不必作的地步，因為詠史難免評估論今，他曾對其弟子謝啓昆寫作詠史詩批評道：「以謂古人已往，各有應指應摘處，非身當史局，不必作為論斷，且以啓昆所作視唐胡曾更精工矣，愈精工則所指愈甚，凡以明詠史詩可以無作云爾。」〔註 135〕足可以見出他對文字的謹慎和為人的局促。

對於翁方綱而言，詩歌主要不是抒發性情的途徑，而更像是道德教材，因此其對作詩態度甚嚴，這從他一生不斷地刪詩可見一端。乾隆三十六年四月翁方綱有致錢載札云：「欲下半年一刪舊詩。」〔註 136〕四十一年五月於詩冊上寫曰：「此一本內，詩二百九十三首，其

〔註 134〕翁方綱：《復初齋詩集》卷九藥州集（八），民國刻本。
〔註 135〕謝啓昆：《上翁覃溪師》，《樹經堂文集》卷二，《續修四庫全書》第 1458 冊，頁 296。
〔註 136〕沈津：《翁方綱年譜》，臺北中央研究院 2003 年版，頁 56。

勉強存以備考者二百二十三首」〔註 137〕，「似乎取巧，取別徑者，皆不可存」(《年譜》92 頁)，又如致任承恩札云：「二冊內凡有稍涉應酬及稍著色相或格調未能隱密者，皆擬從刪。蓋此事原以抒寫眞性情，不在乎多存也」(《年譜》342 頁)。在評點他人詩歌時，翁方綱也頗嚴格，譬如「孟東野詩，寒削太甚，令人不歡。刻苦之至，歸於慘栗，不知何苦而如此！」「詩人雖云『窮而益工』，然未有窮工而達轉不工者。若青蓮、浣花，使其立於廟朝，製爲雅頌，當復如何正大典雅，開闢萬古！而使孟東野當之，其可以爲訓乎！」(《石洲詩話》) 因爲孟郊之詩的寒瘦而如此嚴厲地詆斥，完全不考慮詩人當時眞實的狀態和心境，也就不難理解翁方綱在爲好友黃仲則編選《悔存詩選》時的苛繩隘取了。

詩人黃仲則，高才淪落，放縱詩酒，在他卒後，翁方綱以自己的主觀意志曲解黃仲則之放浪嬉酣，認爲非其本懷，稱「仲則（黃景仁字）天性高曠，而其讀書心眼穿穴古人，一歸於正定不佻。」因爲翁方綱並不信奉詩窮而後工的道理，他認爲「道勝則愈工」，《書放翁與杜敬叔手札後四首》云：「一言抉詩髓，道勝則愈工。自昔不留訣，寸心千古同。……三百蔽一言，無邪該律筩。所以崑崙竹，旋爲十二宮。」(《復初齋詩集》卷六十八)「道勝」、「無邪」等是翁方綱對詩歌思想內容的期許，無怪乎他將黃仲則底稿的一千首詩「兢兢致愼，刪之又刪，」最後僅留下五百首〔註 138〕，招致仲則友人洪亮吉的不滿。這樣的刪改對黃仲則獨立不屈的人格無異於一種肢解，經過翁方綱肢解的黃仲則詩歌部分喪失了眞實性情。對詩人詩作，翁方綱一貫採取這種嚴格的評選態度，《今傳是樓詩話》「翁方綱披訂曹振墉詩」條載：「覃溪持詩律最嚴，於文正評騭尤刻，密行細楷，綴語最少，老輩風期，洵不可及。」〔註 139〕翁方綱對自己和

〔註 137〕《翁方綱年譜》，同上頁 90。
〔註 138〕翁方綱：《黃仲則悔存詩鈔序》，《復初齋文集》卷四。
〔註 139〕王揖唐：《今傳是樓詩話》，遼寧教育出版社 2003 年版，頁 356～357。

他人之作均如此嚴格，但這並不僅僅是他個人的問題，這是清中葉整個時代的問題。就翁方綱本人的詩來看，就算除去他作品中那些純粹作金石考據的詩篇，剩下的詩歌也缺乏活潑的性靈，這在動輒得咎的乾隆時期是安全的，代價則是詩歌言志抒情功能的淪喪。也因此在翁方綱主持的詩壇，詩人很難正常地抒寫個人的所思所感，文學作品表情達意的獨立品性也得不到應有的尊重。而恰恰是這樣的創作評騭態度才奠定了翁方綱詩壇總持的地位，劉承幹云：「追念乾嘉盛日，扶輪承蓋，實大有其人。」〔註 140〕「扶輪」者，「大雅扶輪」也，扶持正統的作品，一語道出覃溪詩說眞意。

「義理」強調詩教，「文理」則重在詩法。翁方綱十分重視詩法，肌理說的提出在有感於神韻和格調說的「無可著手，予故不得不近而指之曰『肌理』」〔註 141〕。其《詩法論》云：「歐陽子援揚子製器有法以喻書法，則詩文之賴法以定也審矣。忘筌忘蹄非無筌蹄也；律之還宮必起於審度，度即法也。」〔註 142〕他批評「矜言才藻者，或外繩墨而馳」〔註 143〕的創作，欣賞「無法不備」的詩歌〔註 144〕，重詩法不重「性靈」與試律的要求是一致的。翁方綱還一味追求詩風的雅正，反對「直致而又帶傖氣」（《石洲詩話》卷二），反對「酸寒幽澀」、「粗直傖俚」（《石洲詩話》卷二），反對「濃麗」，認爲「非大雅之作」（《石洲詩話》卷三），反對用語不工，認爲「打諢最要精雅」（《石洲詩話》卷四），這一切可能是翁方綱的有意爲之，也可能是長期擔任考官、學政身份不自覺的流露，蓋因長期從事替統治階級衡文選才的工作，其人其詩思路難免狹窄，顧忌頗多，乾隆二十四年（1759），翁方綱與江西鄉試主考官錢維城不約而同命中「秋水長天一色」，正

〔註 140〕《重印復初齋詩集序》，見錢仲聯主編：《清詩紀事》，江蘇古籍出版社 1987 年版，頁 5455。
〔註 141〕翁方綱：《仿同學一首爲樂生別》，《復初齋文集》卷十五。
〔註 142〕翁方綱：《復初齋文集》卷八。
〔註 143〕《延輝閣集序》，《復初齋文集》卷四。
〔註 144〕翁方綱：《石洲詩話》卷二，人民文學出版社 1981 年版。

是科舉考官思路狹窄之一證。

典科舉、任學政、主詩壇，使翁方綱的詩學理論成爲一種「中才詩人的學詩指南」〔註 145〕。打從一開始，翁方綱就否定了學習最偉大詩人的可能。他一生極其崇拜杜甫，連「肌理」二字也是來自杜詩，他尊崇杜甫至敬畏的地步，以至於認爲杜詩不可學：「今人不知杜公有多大喉嚨，而以爲我輩亦可如此，所以紛如亂絲也。」〔註 146〕詩聖杜甫之不可學，本擬取徑黃庭堅，翁方綱也認爲極難：「今我輩又萬萬不及山谷本領」〔註 147〕。翁方綱的詩學理論，取法乎上僅得乎中，放棄了成爲偉大詩人的追求，而最終將培養目標群定位爲恢復試律後嗷嗷待哺的士人們。

自北宋王安石熙寧變法取消試律詩 700 年後，詩歌在翁方綱的年代又一次正式成爲科舉取士的槓杆。在此背景下，士人生活中的一切均與之有關，詩歌承擔了抒情達意、交際應酬、更重要的是獲取功名的功能，因此無論士人是否喜歡寫詩，他都必須學會、學好寫詩。長期擔任科舉考官和地方學政的翁方綱也因此責無旁貸地承擔了教導士人寫詩的工作。翁方綱的詩論指向對象十分明確，目的在於化育應試舉子，因此他很少跟同時的名詩人探討詩藝，袁枚對他只有嘲笑，謂其「誤把抄書當作詩」〔註 148〕，而其他名詩人如洪亮吉也認爲他「如博士解經，苦無心得」〔註 149〕，「略嫌公少性情詩」〔註 150〕。洪亮吉和其好友、著名詩人黃仲則和翁方綱在一起常常是賞玩古物，並隨性題詠而已。翁方綱的《石洲詩話》更像是一部近體詩教材，該書刊出後，翁方綱還令「諸生各抄一本，以

〔註 145〕張然：《「肌理說」——中才詩人的學詩指南》，《文學評論》2009 年 04 期。

〔註 146〕《石洲詩話》卷一。

〔註 147〕法式善：《陶廬雜錄》卷二，中華書局 1983 年版，頁 31。

〔註 148〕《隨園詩話》卷五，人民文學出版社 1960 年版，頁 14。

〔註 149〕洪亮吉：《北江詩話》卷一，《洪亮吉集》，中華書局 2001 年版，第六冊，頁 2245。

〔註 150〕《北江詩話》卷一，《洪亮吉集》頁 2252～2253。

省口講」〔註 151〕，類似上課的講義無異。除此以外，翁方綱還有諸如《五言詩平仄舉隅》、《七言詩三昧舉隅》、《七言詩平仄舉隅》這樣的作詩的普及讀本。他留下的大量的詩學言論，往往都是解剖詩歌做法，包括他認爲最偉大的詩人杜甫的作品，也被其細細講解，分析如何達到眞妙之境。其實正如他自說，杜詩之「精微」高不可攀，他這些講解是否眞能達於杜詩之精妙呢？且不論翁方綱一生也沒能培養出一兩位眞正傑出的詩人，他自己的詩也是屢獲譏評的。但是作爲乾隆中期位高權重的文化官員，並且趕上了詩歌取士的好時代，有了這種強大的官方背景的支持，加之世上本來就是材質中等的人居多，他們更需要學「作詩」，因此翁方綱的詩學也在當時獲得了大批的追隨者，儼然成爲詩壇又一盟主。翁方綱和其詩說「肌理說」的出現不是偶然的，他能得到朝廷意志的欽點而大行天下就更不完全是由於個人的作詩天分所決定的了，考察翁方綱的詩學觀點及創作，正有助我們洞窺乾隆「盛世」眞正的時代背景和文化氛圍。

餘　論

當康熙帝以帝王之尊繼承和發揚儒學，漢族士人強烈地受到了振奮和鼓舞，他們認爲，儒者之統與帝王之統並行，天下以道而治，道因天子而明的時候到來了。漢族士人紛紛出仕新朝，以振儒者之統。這時的科舉制度也相對公正合理，選拔了一大批眞正有才能的士人，野有遺賢的狀況得到了極大的緩解。科舉撫平了士人對少數民族統治政權的仇恨，出仕淡化了士人對朝廷的怨懟，詩壇上活躍的是科舉較爲平坦得意者。

清代前中期康、雍、乾盛世中的詩壇有這樣一個顯著的特點，詩壇往往定於一尊，這些詩壇領袖同時又是列高位的朝廷大僚，朝廷似

〔註 151〕翁方綱：《石洲詩話・自序》。

乎出於暗中屬意，有意使他們領導天下的詩風，創造出朝廷需要的文化與輿論氛圍。即使偶爾有一些不同的聲音，也往往被淹沒。明清之際詩壇的創作主要力量在遺民，在草野，在江湖，詩歌慷慨激越，悲壯沉雄。經過博學鴻儒科，詩壇的創作力量上移，在廟堂，在輦下，詩風是盛世所需的溫柔敦厚、或盛唐氣象。詩壇盟主由王士禛傳位至沈德潛，再至翁方綱。乾隆詩壇繼續了清代始終如一的「以皇權之力全面介入對詩歌領域的熱衷和制控」〔註 152〕，形成「官位之力勝匹夫」的集權統治，扶植沈德潛以「僞盛唐氣象」的格調詩爲盛世鼓吹休明，廟堂詩人寫詩必須附和這樣的鯨魚碧海、闊大雍容；乾隆二十二年的試律詩重開又榜樣式的給了寫詩以種種規矩、千般束縛，這一切正是那個時代僞飾、禁錮與局促的寫照。

〔註 152〕嚴迪昌：《清詩史》，頁 17。